五月花修道院

鄭華娟 著

自序

令人肚子發疼的秩序

這位專門管「市容維持」的先生搖了搖頭，慢慢優雅地對我們吐出兩個字：「不行！」

唉呀！怎麼現在我一聽到這兩個字，肚子就會發疼呀？這已經是從「五月花修道院」開始維修時，就必須面對的挑戰。挑戰什麼？挑戰德國的秩序法規呀！這對完全不想或沒「秩序神經」的本人來說，真的是很艱鉅的挑戰。但是，德國的秩序真的不遵守都不行，這可真讓我頭皮發麻！就在我們好好遵守了繁複的建築法規秩序並完成部分整修後，現在鼓起勇氣要來詢問換「五月花修道院」老舊大門的可能性。

市政府狠狠地駁回了我們的申請。

「您有注意到老木門已經年久失修了嗎？木頭門的底部灌風灌得很嚴重。從節省能源的角度來看，一座新式的大門或許可以解決問題。」老德先生禮貌地對這位前來檢視我們的房子的公務先生說。

我偷偷瞥了一眼這位四十來歲的「市容維持」先生的公務名片，上頭載明他擁有專業建築師高等學位。

「您可以將門的底部加裝一個現代的密合彈簧，節能的效果也很好。」「市容維持」先生不疾不徐地回答。

「如果換新的門呢？那不是更能節源嗎？這個冬天我快冷昏了！」我沒耐心地追著他問。

「您可以按照舊門的形式，以一比一的造型重新製作一扇材質較厚的新大門，同樣能解決防寒的問題。最新的案例是在老城東邊的╳街╳巷╳號，有一戶人家便是如此解決了老門的問題。那扇按照舊門新訂製的手工木門十分漂亮。我覺得一座老城要維持美麗的市容，就要靠您們住戶了。如果沒有嚴格的秩序規範，老城的容貌就會慢慢消失；我不認爲破壞老城市容是我們身爲這份文化繼承者的榮譽。」「市容維持」先生依然沉穩地回答。

我……我一聽「市容維持」先生這麼說，肚子就又開始隱隱發疼……唉！眞不知道德國人怎麼可以訂出那麼多的秩序，而且又可以同時去遵守加嚴格執行？面對專業又溫文儒雅的「市容維持」先生，我們點點頭，完全贊同他的觀點。當然，我們更知道未經核准就換大門會接受的高額罰款，以及將大門恢復原貌的麻煩手續。

市容維持法規的秩序，只是德國多如繁星的秩序規範中的其中一小件而已。如果你還想知道有哪些德國的秩序法規，讓華娟在維修「五月花修道院」時急得肚子發疼的話，這本書中的故事，一定可以給你很多前所未聞且新鮮好笑的想像。

準備好了嗎？讓我們一起進入美麗的「五月花修道院」……

1
古城主題遊樂園

歐洲到處都是老房子。

你在喜歡保護文物古蹟的歐洲所看見的古城市面貌，很多是眞眞實實上了數百年的建物所組成的：蜿蜒的小河流過城鎮的中央；水岸河邊是廣闊又精緻，開著鮮艷花朵的公園綠地；小公園旁就是整排紅瓦白牆的老屋，屋簷牆上分別畫著中古世紀主題的聖像或天神故事，爲了了解老房子的來歷有時甚至得翻遍整本中世紀史……寧靜人家的木窗邊正趴著一隻瞇眼曬太陽的黑白花肥貓，居民們悠閒地散步到河邊，正在餵食幾隻雪白的肥天鵝……

常聽見初次到訪歐洲的朋友在見到了上述的古城面貌後，驚嘆著：「哇！這兒的景致，眞的跟台灣××主題樂園的歐洲造景一模一樣耶！」

ㄜ……喂！等一下！有沒有搞錯！是城市主題樂園裡造景與歐洲的古城一模一樣吧？唉，雖然有時覺得超無言的，不過，這眞應了那句「假到眞時眞還假」的話。可能不少人會有先入爲主的觀念；先入爲主的觀念又造成了我們觀看世界的態度。有時我會擔心朋友在發出如此讚嘆後，推論這些住在「主題樂園」似場景中的歐洲人，一定也有著像童話樂園中的快樂心情……這樣誤會就大了喔！

因爲有人生活的地方，就有著問題和煩惱；唯有懂得利用有效的方法解決問題和煩惱，才有機會享受眞正的生活。換句話說，這些讓你看來如童話主題樂園般的歐洲古城，在維護的過程中，需要很多人的專業智慧才有辦法有效地維持著老建築的不傾倒，還要費盡心思在不改變外觀下將房舍內部設備現代化，更要保持老屋的原味，讓數百年的老房子看來如時光倒流般地依然美麗迷人……說眞的，這可不是容易的事。

所以囉，在歐洲生活一段時間後，你就會知道歐洲人在保護古蹟這方面，

常常要比維護一個主題樂園更用心。但是，政府用心的是在制訂法令方面，住在老建物中的人可得遵循一切由各聯邦政府所制定的建築法規，來完成所有的老建物維修程序。歐洲如童話老城的房舍外觀，是用很嚴格又幾近龜毛的法律來維持著的。住戶不僅要遵守德國多如牛毛的建築法規，如果是老建築，還要額外遵循老屋維修的相關法令。如果你不想讓自己費心整修好的老建物因觸犯法規而被罰鍰，或被迫重新恢復原貌的話，就得乖乖地遵守那些多如天際繁星的法條；要不，你就得找個專業建築師來幫忙維修。

我在《海德堡之吻》那本書裡寫過我們維修古公寓的故事。自從那次之後，我們決定不再重蹈覆轍去維修什麼古建物了。原因是：所有古建物都很難修；除了費時耗事，還外加無法控制維修預算！這在生活消費昂貴的德國，真的是會讓人汗毛倒豎。雖然老建築真的漂亮又有氣質，但是一般德國人一聽到老建築，還是常退避三舍，盡量不要自找麻煩。

但是，本人在下這個喜歡找碴的家庭主婦，卻在五月一個天氣晴朗清澈的早晨，忘了自己曾許下「再也不住如夢似幻的老建築」的諾言，跟一棟老屋展開了一場酸甜苦辣的美麗整修大戰……

現在，就讓我把這個可能會讓你覺得有點自作自受、驚奇好笑的故事娓娓道來。

2 買菜的路線

我是否會把生活過得一成不變?答案是大大的否定。

就拿上菜市場的路線來說吧,因爲是在古城中生活,每天利用買菜的時間隨便東看看西找找,到許多上了幾百年的羊腸小徑去逛逛,家庭主婦常常可以發現很多有趣的事。

「你知道小草巷底有一座三百年的瑪麗亞聖像嗎?」我問正在看報的老德先生。

「小草巷在哪?」老德先生一臉迷惑地看著我。

「唉呀，你連小草巷在哪都不知道喔？很漂亮的一條古巷子耶！」老婆驚訝地說。

「你怎麼會發現這條巷子呀？」老德先生搖搖頭。他幾乎每兩天就要接受老婆在古城中發現的新事。而這些所謂的「新」事，多數都有很老的故事。

「小草巷就是從老城牆邊的小河旁左邊進去的那條有古代農舍的巷子嘛！」我一口氣回答了一長串。

「你怎會跑去那裡呢？」老德先生有些詫異。

「買菜途中就彎到各個巷子去探訪一下呀！看到有神像之類的，覺得很有歷史的古蹟，就再回來翻書，看可不可以找到相關資料。」家庭主婦擺出一副好學的樣子。

「那裡很荒涼，小草巷應該都是雜草吧？」老德先生在腦海搜索出小草巷的位置後這麼說。

「你問我爲什麼會跑去小草巷喔？就是今早去買菜時，剛好遇上中學生的校外教學。我本來在城裡聽那位帶學生的老師講舊城門的故事，他講得很詳細又精彩，害我聽到都不想去買菜，於是就著魔似地跟他們一起走完校外教學。

真的很好玩……小草巷就是那位老師今天講課的地點之一呀。」我說。

老德先生轉轉眼珠，他知道今天的晚餐，一定是邊吃邊配上老婆講述的「小草巷中之聖母瑪麗亞」的歷史故事，屢試不爽。唉！老婆眞是超愛亂跑加亂講的啦！

我在老城中發現了許多好玩的古蹟故事。不過，這種以探訪古城爲主，買菜爲輔的日子，卻在一個春光明媚的五月早晨，有了戲劇性的發展……我竟然被一棟老屋子吸引了！那是前所未有的似曾相識感覺……哇！這是怎麼回事？正當我穿過一條不常走過的陌生小巷要去菜市場時，突然瞥見了這棟老房子。我不由自主停下腳步，緩緩退後一步，站直了，面對著它。

從我心底竟有這種連自己都不相信的感動浮現：

「這棟老房子長得好可愛喔！」

我歪著頭，從上到下把房子端詳了一遍。

房子的屋頂是斜坡的紅屋瓦，最上一層樓有兩個古典雕花的小閣樓窗，在二樓有兩扇更美的大木窗；而深藍色的大門有著寧靜普羅旺斯風格，木製的擋風窗則是淺藍色，配上純白的牆，讓人看了心情頓時變得輕鬆起來！我緩緩放寬視線，將前述之門窗景象盡收眼底之後，竟感覺整棟房子有著如童話般的和善笑臉耶！這棟可愛的古屋正在對我笑盈盈地打招呼哩！

「啊！不不不！不要！」我在心裡叫著。我感覺到老房子正在試圖呼喚我的心靈。

「你要做什麼！」我用力對老屋搖搖頭。用全力拒絕老房子試圖傳達給我「如果你住在如我這般有著童話似笑臉的房子中，一定很好玩……」的想像。

「嘿！你不要這樣喔！我再．也．不．會．住一棟永遠整修不完的老房子！」我心裡抗拒似地喊著。還好，這棟老房子看來還美美的有人住，此刻荒謬想像老房子對我的心靈呼喚，只不過是家庭主婦的胡思亂想罷了……

正當我頑強抵抗老房子的呼喚時，我的視線卻如同電腦螢幕上的滑鼠游標游移到了大門邊的窗戶上，什麼?!我看見那兒貼著一張小紙條。不會吧？不會吧？我無法控制雙腳往前跑去，我趴在窗邊，閱讀著那張由屋內反貼向外在窗上的小紙條：

本屋自售中。仲介免。

意者請洽：××××××1720。

喔——天呀！小紙條上的幾行小黑字給了我極大的震撼。原來這棟會笑的老屋子真的是在呼叫我嗎？太恐怖了！我不能被它迷惑！我不是對老屋子免疫了嗎？我不是在歐洲住了很久，知道老屋子只會讓人維修到疲於奔命嗎？喂喂喂！停！我該去買菜了，我不該再多看一眼這棟有笑臉的屋子……可是，這時我的手卻不由自主地緩緩抬起，遮住玻璃的反光，更斗膽地將臉貼上窗戶往裡看：屋中有一台鋼琴，樂譜散落在琴邊。還有一些可愛的小孩的玩具。一副白色天使的翅膀掛在牆上。我的心完全被這幾樣東西給收服了：鋼琴、玩具、天使的翅膀……我喜歡這家陌生屋主的室內陳列……雖然房中大部分的家具都已搬走，空蕩蕩的客廳顯示已經少有屋主居住的痕跡，但老屋真的是在求售中哩……不！我用力回過神，重新捏緊我菜籃的提手，一甩頭，堅決地往菜市場的方向走去。邊走對邊對自己說：

「這棟房子絕不會跟我的生活發生任何關連。**絕——不——會！**」

3 玩具屋小天井

「有會笑的房子？」晚上老德先生回家，邊吃飯邊聽了我的描述就好奇地問。

「是呀，很可愛喔！」我高興地說。又接著描繪房子裡可愛的鋼琴、玩具和天使的翅膀。

「那你怎麼沒買下來？」老德先生竟然沒有質疑我，就開始問價錢。

「我……不知道。」我心虛地回答。這時我覺得非常非常奇怪，爲什麼我現在說可愛房子的事，老德先生一點也不感到驚訝，還立即問我爲何不把會笑

的房子買回家？這……莫非是那棟老房子也同時對老德先生發出了魔術般的心靈感應？

「是因爲很貴嗎？」老德先生吃了一口麻婆豆腐時這麼說。

「我沒看見屋主呀，我怎麼知道他要怎麼賣呀？如果屋主剛好在家，我當然就會進去看看。」我困惑地回答。

「屋主？應該是店主吧？聽不懂你在說什麼……」老德先生搖搖頭，同時滿臉問號。

我這才會意過來，原來老德先生以爲我說的會笑的房子，是我平日喜歡去光臨的骨董玩具店裡的老玩具啦！

「哈哈哈！你……完全搞錯啦。哈哈！你以爲……」我爆笑起來，接著問：「我不是在說玩具房子……」

「……那你是眞的看見一棟房子會笑？而且這棟房子要出售？」老德先生驚訝地問。

「對呀！」我笑著回答。

老德先生一會意過來，又聽到老婆說如果屋主在家就想進去看看，馬上說：「你不要胡來呀！我可不願再住一次老房子！不用再說了……」老德先生又揮手又搖頭，堅定的拒絕了老婆。

「對！完全贊成！」我舉手附和，「感謝你的反對。」我說。我很高興老德先生替我補強了絕對不再和任何老房子扯上關係的決心。

「住過一次老房子就夠啦！雖然這房子那麼可愛……」我說。

老德先生聽到老婆也贊同不再住老房子，就安心了不少。

可是，這些不再住老房子的信心，卻在我看到那個我夢想的小天井之後，馬上被我拋在腦後。事情是這樣的：

第二天，我們就剛好散步經過那棟會笑的房子。

「很有法國鄉下的農村風味，挺漂亮的房子。」老德先生微笑著說。我就知道老德先生也會喜歡這種風格的老屋子。

「咦？有人在進進出出呢！」我指著老房子說。我看到許多人在進出老房子，好像屋主正在向前來看房子的可能買主們介紹他的家。

「哇！我們進去看看吧！」老婆看到有機會可以進老房子參觀，立即忘記答應老德先生絕不進這棟會笑的屋子的事。

「不要鬧了！我們又不買，也沒約時間，你爲什麼要隨便進別人家去看房子呀？」老德先生立即反對。

「沒有隨便呀，是剛好有別人在看，所以就進去參觀一下嘛！你看大門沒關，裡頭好多人；進去看看吧！我想看那些玩具哩……」老婆一邊說一邊往房子走過去。

「請進！要看房子的話請走這邊。」突然有人打開窗戶對我說。屋主看到我走進窗邊，以爲我是約好要看房子的人。

「我們並沒有約時間……但可以看看嗎？」我試著問這位中年的圓臉男子。

「沒問題呀！我剛好今天在這兒。歡迎你們進來隨處看看，只是我還要跟其他人做介紹，可能沒辦法回答你們的問題。」和善的圓臉男子說。

唉呀，不要客氣啦！雖然我臉上帶著笑容沒說什麼，心裡卻浮出這些話：「您去忙吧，反正我們也不會對您的房子有興趣。」

老德先生本來站在對街不肯過來，這時我一得到入屋的許可，就大力揮手地要他一起進屋看看。老德先生一臉無奈只得過了街來。

一進屋，看見有不少對老屋有興趣的人在屋內來回走動。我跑到客廳看那架鋼琴，也看看那對美麗的天使翅膀。

「我老婆是音樂教師，翅膀是我們小孩在耶誕節表演天使的道具。」這時圓臉男子突然出現在客廳這麼說道。原來他就是屋主，正在跟前來看房子的可能買主們介紹著環境。

「眞的很可愛喲！你們不再繼續住這兒了嗎？」我問。（唉！關我什麼事！根本輪不到我問問題呀！我又沒跟圓臉屋主約時間看房子……）

「是這樣的，我們在另一個城市找到新工作，但與這裡相隔四百公里，這樣來回奔波太累了，只好出售這棟房子。」圓臉屋主並沒覺得我造次，還簡短地做了回答。

老德先生在一旁除了微笑一語不發。我知道他心裡一定想：「厚！拜託！你會不會太愛湊熱鬧啦？」

這時屋主又轉身跟其他人解說地窖去了，留下我跟老德在客廳。

「我知道你要說什麼。」我看到老德先生正要開口對我說什麼。我晃晃食指阻止他說話。

「你是不是覺得我很亂來？人家要不要賣房子關我什麼事，對吧？」我說。

「不是。猜錯。」老德先生搖搖頭說。

怎麼可能會猜錯呢？不是說結婚很久的夫妻都知道對方沒開口卻要說的話嗎？唉，可見我猜老德心事的功力還不夠。不過，我的心事卻常常被老德先生一猜就中。

「你看到小天井了嗎？」他問我。

「什麼小天井？」我毫無頭緒。

等我跟著老德先生往屋後走兩步，才發現這座會笑的老屋的正中央，是一個透天的小天井。哇！這是我一直嚮往的城市居家環境哩！我常常希望能住在一棟屋子中，不用有花園（因我是植物終結者），但有一個小小的天井可以讓我夏日坐在室外看天空，或夏夜躺著看星星，這就是我不管到哪個城市居住都會有的簡單夢想。家庭主婦對很多事都不奢求，但我對如同這般屋外的小天井卻一直有著夢幻的嚮往。可是，這樣的天井在城市裡都在消失中，因為小天井

不是給加蓋成了房間（因爲可以加蓋上去變三層樓，房子就多出三個房間），要不就是被打通成了車庫。

「哇——我的夢想呢！」我看著大落地窗前的小天井叫了起來。

「很抱歉，我知道你很喜歡這種透天小天井，但我還是反對。」老德先生小聲地跟我說

「……」我無言以對。

好吧，其實我知道老德先生爲什麼反對，理由：一、小天井四周的牆全因潮濕而斑駁了，老屋中受潮的牆面維修起來非常棘手，除了不知道水從哪裡滲出來之外，萬一抓漏不成，就得一輩子跟潮濕的漏水牆奮戰。二、再看看老屋中的樓梯，扶手很舊，隨時會有斷落的危險，樓板也因潮濕嘎吱作響。此刻看房子的人上上下下樓梯時，整棟房子都聽得到老木板在求救；這種聲音，就是百年樓梯傳遞出快被蛀蟲蛀空樓板的訊息。另外，在客廳後方，也就是老地窖的樓梯入口處並沒有扶手，一不小心就可能會讓人滾落地窖；而且這條通往地窖的樓梯又寬又大，佔去了很多一樓可使用的面積空間。

這棟會笑的房子，可能在很多人眼中除了可愛的小天井外，一無是處；就

算要整修，也不知道該從何下手。

「我知道……可是……」我對著小天井嘆口氣。

「我也知道……但是……」老德先生促狹地回應。

可是老德先生這次卻沒猜中我接下來要做的瘋狂決定。

就當屋主從二樓走下來，快接近小天井時，我轉過身，對著圓臉屋主說：

「我們決定要這棟屋子了！」

老德先生和圓臉屋主因為聽到我的話而同時驚訝瞪圓的眼睛，看起來眞的很滑稽啊。

4
老屋維修恐慌症

很多德國人對住老屋子避之惟恐不急，我們現在居然決定要再一次維修一棟兩百多年的老屋。即使老德先生被我說服要住這棟老屋子，我也表現出自信滿滿的樣子，但婆家很多家庭成員聽到這個決定時都抱持懷疑的態度，大概他們心裡多少會猜想：什麼?!這兩個人會不會眼睛被強力膠糊住啦？居然糊里糊塗買了一間那麼老的房子！

但家人朋友依然眞心誠意地給我們送來不少善意關切，比如：

有人說，什麼時候可以進屋去幫你們看看漏水呀？我可是抓漏專家喔！又有人說，我有老房子維修實際經驗，什麼時候可以來幫忙呀？我們一下子接到從四面八方湧來的老房整修建議。原來一個讓人覺得勁爆的決定，也可以連繫起家族好友之間的感情；這可是之前沒料到的好結果。

老德先生的計畫是先搬進老房子，有空時再慢慢維修。而我的計畫卻是先把我喜歡的小天井維修完畢後才搬進去。從這兩種思考模式看來，老德先生是實際派，他著重的是生活效率，和親朋好友幫忙提供的聯合ＤＩＹ創意；老婆則是超級夢幻派，什麼都不管，只知道要把自己喜歡的小天井整修好，我可愛的小天井比什麼事都重要。

綜合整理我們倆不同的觀點：老德先生主張先搬後修，我則認爲先修後搬。

「整修小天井跟先搬進去住是會衝突嗎？我們又不是睡在天井裡？」老德先生不解我的決定。

「小天井像煙囪一樣，如果住進去再整修，不就等於會被灰塵嗆昏？」我反問。

「喔，原來是怕灰塵；灰塵可以清掃呀，不是那麼嚴重。」老德先生試圖說服老婆。

「不！」我堅持小天井修好了再搬進去，這樣我就可以在其他部分仍在維修期間，跑到小天井避難，順便呼吸新鮮空氣。

就在我們爲這件雞毛蒜皮的小事意見分歧，各有堅持之際，公公說話了。

「你們看來果眞不知整修老房子的困難。」懂得蓋房子的公公搖搖頭，他覺得我們需要更精緻的整修老屋前置作業，「你們不管是先搬後修，或先修後搬，都得找一個建築師來瞧瞧整棟房子的架構。有些專業的考量和法令不是我們一般人懂的。」公公提醒我們。

公公一說，我們才想起來，以前維修老公寓前，公公也曾找來結構技師先看公寓樑柱的狀況，計算整個老公寓可以承載的重量，請結構技師來測量屋子結構狀況後，我們才開始整修的工作。所以，現在的當務之急，是請人來看看哪裡可以整修？哪裡不能整修？這樣才能決定是先搬或先修呀！看來公公還是比我們考量的周全。

「房子的老樓梯一定得先想想辦法，如果眞的是有蛀蟲，住進去後再換置樓梯會非常的麻煩。」公公說。

不愧是會蓋房子的公公，思考的角度跟我們完全兩樣。我們都沒想到如果沒了樓梯會是如何地不方便。看來，這個天眞的決定確實有讓人擔心的理由。

「我覺得你們根本沒有想清楚！」當婆婆知道我們決定再住一次老房子時這麼說。

「我是因爲那座透天小天井才下決定的。」媳婦說出自己的意見。

「小天井？小天井有那麼重要嗎？可以重要到決定要買下整棟屋子？」婆婆不解。

「小天井很可愛呀！你知道羅馬時代的建築物都有這樣的小天井喔，還有，中國的古典建築也有這種聰明的天井設計。透天小天井的中央就是儲水區，住戶可以在這兒洗衣曬衣，很好玩耶！而且這間屋子聽說很老了，小天井是從十八世紀就有了……」白目的媳婦越說越高興。

婆婆邊聽邊搖頭，「你有洗衣機烘乾機，還要什麼古代的小天井儲水呀？我完全不懂你的想法……」媳婦說的天眞理由立刻被婆婆駁斥。好吧，我只能說這時除了老德先生和我，沒人看過這棟老屋的內部，我描繪了半天，婆婆也只是不停地說我們是自找麻煩。

「或許你還沒看到房子吧？如果你看到一定也會喜歡這個小天井的……」

媳婦試圖讓婆婆不要那麼擔心。當然，媳婦的夢幻安慰說詞根本無濟於事，婆婆一開口就是擔心加質疑；公公則是從技術面著眼他的憂慮，每天想著如何把老房子的問題找出來並加以解決。

其實，我理解婆婆爲什麼會擔心。她聽過不少夫妻因爲蓋房子或整修老房子而起爭執，這些爭執導致夫妻在房子沒蓋完前就離婚的案例實在不少。當婆婆知道我這個很會出狀況的媳婦居然要開始整修老房子，她眞的很怕我到時候會因爲異想奇多，而惹出不少沒辦法解決的事來。公公擔憂的技術層面更不用說了，他知道老房子的維修，有時連德國最先進的造房技術都搞不定哩！

另外，歐洲老屋子的不明狀況那麼多，沒人敢猜測房子裡藏了多少要開始維修時才會發現的問題？而且這些老房子的問題是否能找到解決的方法也是未知數，反正這讓喜愛把所有事情都處理得井然有序的公婆一家人完全無法理解。唉！就在被大家愛心關懷了一陣子後，原本自信滿滿的我，也覺得我們一定會開始永無止境的整修生涯！也或許小天井永遠沒有完工的一天，我則永遠只能幻想在夜晚躺在天井裡看星星。也或許我們沒有把老房子的結構整修好，以致房子突然坍塌……哇！

看來，我被全家人的關心加擔心一下給淹沒了，也開始對這棟老屋子的整修工作有了莫名的恐慌……

5 一絲不苟大權狀

擔心歸擔心，恐慌歸恐慌；決定了的事情就要繼續往下執行！

老德先生實事求是的性格，才不會受到旁人嚼舌的影響。他很認真地開始了解所有有關德國整修老屋子的相關法令，和必須申請的相關文件。

「整修老房的第一步：要申請土地權狀。」老德先生把他做好的「功課」跟我分享。

「申請這個要做什麼？」我問。

「總要提供最正確的屋子坪數給結構技師和建築師。」老德先生翻著他下

載來的資料說。（當然，你一定會想我們還沒成爲屋主，爲何可以申請這份文件？這在之後會有解釋，請繼續往下讀。）

「了解了。」老婆假裝回答懂了。其實，我根本不會像老德先生考慮的那麼周到。我以爲老德先生會去申請這土地權狀。

「明天你就去地政事務所申請一下。」老德先生說。

「什麼?!我？」我被突然派來的工作嚇一跳。

「因爲他們的辦公時間，我也在上班呀。」老德先生說。

唉！就這樣，幫忙申請土地權狀的事，就落到了很少跟公家機關打交道的家庭主婦身上。

「很簡單，你就上地政事務所，把塡好的表格交給辦事員，他就會印出一份土地權狀影本給你。」老德先生交代老婆。

那麼簡單呀？那沒問題，我明天就起個大早去辦這件事兒。

一早到達地政事務所時，好像只有我一個人等辦事員開門。

跟你講解一下，德國的公家機關，多數辦事員都有自己的辦公室。要申請相關文件副本的人要先找到辦事員的房間，看門牌上掛的名字和職稱後，才敲門問可不可以進去辦理需要的公文。我覺得有點像在醫院等掛號門診的感覺。如果已經有很多人坐在門前等候，你就得乖乖排隊等門開。

此時，等待申辦文件的長廊上沒別的人，我敲了專辦土地權狀辦公室的門也沒人回應。剛好一位小姐經過，對我說還有半個小時才上班。咦？原來是緊張的家庭主婦太早到啦？這眞稀奇，通常我是最會遲到的哩！好吧，今天當個準時的家庭主婦也不賴。

又等了一刻鐘，仍只有我一人在長廊上等辦事員來上班，今天地政事務所似乎很冷清。就在我覺得很無聊之際，突然從走廊盡頭轉角來了一位身材瘦高留著兩撇仁丹鬍的先生，手裡捧著個塑膠籃，裡頭有些信封袋之類的東西。他用很冷淡的語氣對我道了聲早安後，就開門進去我要申請土地權狀的辦公室。咦？這位就是我等一會兒要打交道的辦事員？我正想起身去敲門問是否可以進去時，瘦鬍子先生突然開了門，說：「請您稍等，還有十分鐘才開始服務。我現在正在準備。」我還來不及開口問他任何事，碰！門又關上了。這位鬍子先生眞嚴肅，連關門的聲音都很果決，毫不拖泥帶水。想必他已經有大半輩子每天都做同樣的事吧？他的表情和說話聲調可以如此地全無熱情；對於我這種喜歡上市場哈啦寒暄的家庭主婦，仁丹鬍先生的冷淡可眞是不簡單。

十分鐘後，一秒不差，鬍子先生將辦公室門打開，對著空蕩蕩的長廊喊著：「下一位，請！」

下一位？我刻意看看前後左右，長廊上就只有我一人呀，可他說話的態度好像走廊上有一百人似的……

我躡手躡腳地走進辦公室。

「請進。」鬍子先生對我說。

「請坐。」鬍子先生又說。

「您要辦理的是？」他問。

「土地權狀。」我說。心想：他這間辦公室又沒辦別的，這樣也要問喔？似乎沒聽到我回答的鬍子先生突然用手輕拂桌面，看來他覺得桌面有灰塵。接著他又將桌上的筆筒、寫字墊板和橡皮圖章小旋轉台推來推去，好像要把它們擺在更正確的位置。可是我覺得他的辦公桌已經很乾淨又整齊啦，他怎麼還不滿意呢？瘦鬍子先生如果看到我的書桌，我猜他可能會拿出一支大粉筆在我桌上畫一個大「╳」吧？而那「╳」所代表的意思就是：沒有秩序的書桌是一場錯誤的人生……

「您的表格。」瘦鬍子先生遞給我一張表格要我填寫房子的地址、名字和要列印的份數。

我填好了推回去給他。不料就在推回表格給鬍子先生時，我竟然**不·小·心·碰·到·**了桌上的橡皮圖章旋轉台！鬍子先生一看到我將橡皮圖章旋轉台碰偏離了他擺放的位置，立即將旋轉台用極爲小心的態度歸回它剛才的位置。哇！媽媽咪呀！鬍子先生你不要那麼有秩序啦！我快要不敢亂動啦！

鬍子先生先看了我寫好的表格後，轉身在電腦上搜尋我要的資料。呼！鬆了一口氣，還好沒有寫錯字被他訂正。

「對不起，」鬍子先生轉身對我說，「您要申請的權狀還未過戶成爲您家戶長的名字，目前還是前屋主所有。」

「那您可以先印前屋主的權狀給我嗎？因爲我們只想看權狀上的地坪數，不是想要拿來做什麼，是前屋主的名字也無所謂，我們已經照會過他這件事了。」我因爲不想再跑一趟，竟說出了這種讓鬍子先生皺眉的笨話。

「不行的。就算是只有二十分鐘的差距，我也是不會印給您的。如果前屋主同意您這麼做，那就請前屋主出示一張同意書，我看到同意書後才能印權狀給您。不然就請您等房子過戶後再來。況且印權狀是要花錢的，不是免費。」鬍子先生一副對我曉以大義的樣子說。

喔……了解，就算我現在付錢，沒有前屋主的委託同意書，也得不到這份土地權狀；再多說什麼也都是廢話就對了。

「我建議您過戶後再來，如此您今天還可以省掉多付一次規費。」鬍子先生堅持他的立場說。

鬍子先生真的是超級一絲不苟的公家機關辦事員。土地權狀由他來管理，土地持有人的權益很有保障也十分安全。

「他似乎好意地很想替我省規費。」晚上我跟老德先生報告申請土地權狀未果的經過。

「鬍子先生說的沒錯，我們是該請前屋主開張同意書；即使圓臉屋主已經同意讓我們去申請，不過缺了文件還是不行，口說無憑。」老德先生不愧是德國人，完全贊同一絲不苟的鬍子先生。

「但是你有看過超有秩序、怕灰塵的公家機關辦事員嗎？」我問老德先生。

接著我開始學鬍子先生維持桌面清潔的動作，講到我差點撞倒橡皮圖章的旋轉台時，老德先生開始搖頭大笑。

「我看還是我們一起去申請土地權狀吧，免得你又要捉弄別人。」老德先生笑著說。

「哇！太好了！如果我下回又不．小．心．把他的橡皮圖章台子給完全推倒，不曉得鬍子先生會怎麼樣耶……」老婆竟然高興地說。

老德先生無奈地眨眨眼，覺得老婆眞是與秩序無緣的人類。

6
我愛聽故事

一聽到有趣的故事，我就會完全忘記所有煩惱。從這點看，我倒是一個滿好打發的人。準備好有趣的故事，加上生動的講故事能力，就可以讓我沉醉其中，忘記現實。

就在交屋子鑰匙給我們的那天，圓臉屋主跟我們講了這棟老房子的歷史，愛聽故事的我，完全融入圓臉屋主講的老屋故事中：

這棟老房子大概有一百八十年的歷史。在最初是連著一座大修道

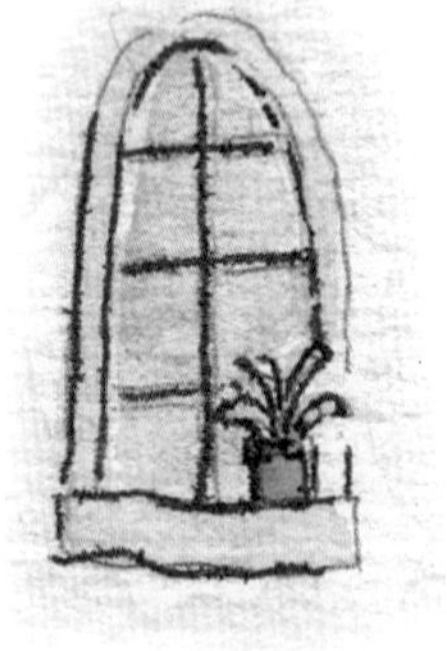

院。大修道院是由法國西妥教團的僧侶所建。而修道院經過歐洲不少大小戰火的洗禮後，規模不斷地縮小，現在只剩下這一小塊舊城牆邊的部分存留下來。這棟老房子如今的位置和遺跡便是西妥教團僧侶們的起居室。西妥教團大部分是由修士來進行修道院的工作。僧侶又分成兩種：識字僧侶和不識字的僧侶。識字階級僧侶的工作是每年會從法國的教本部得到一本規定的經書，他們一年之中只讀經書和靈修，也會把自己靈修的感想和心靈啓發詳細記錄下來，供西妥教團總部制定新教規的參考。不識字階級的僧侶則種花蒔草，洗衣煮飯，用勞力來服侍照料識字僧侶們的日常起居。老房中央的小天井就是古時僧侶們洗衣儲水之處。第一次世界大戰之後，隨著西妥教團勢力在德國的勢微，僧侶漸漸北移遷出，日後房子由三位老姊妹進住，老姊妹去世後才由圓臉屋主買下來。

以上就是這棟老房子的簡易歷史故事。

「哇！原來這屋子是一間修道院呀？」我驚訝地說。

「沒錯，所以我在十多年前翻修時，把老建築的部分全保留下沒有改動，我想這樣才有古修道院的原味。」自稱喜歡歐洲歷史的圓臉屋主說。

「那之前住在這房子中的三位姊妹，您都見過嗎？」我的好奇心又開始了。

「見過呀！三位姊妹都一直健康的活到八、九十歲才去世。最後一位妹妹因爲體弱決定去住養老院，所以我才住進來的。」圓臉屋主說。

原來這棟房子一百多年來住的不是僧侶就是身體健康的老姊妹，還有這位和善、喜歡音樂的前屋主及其家人，難怪我在第一眼看到房子時，覺得它是棟會笑的房子。

對歷史很精通的圓臉屋主還告訴我們：西妥教團曾是歐洲中古世紀天主教會最興盛的勢力之一；而他們爲何在歐洲四處廣建修道院呢？因爲古代有旅館的地方不多，很多苦行的僧侶到異鄉朝聖時住不起旅館，西妥教團的修道院就成了給僧侶和朝聖者在異鄉的臨時落腳處。哈哈哈！我一聽更高興了，因爲如果我們把中古世紀愛旅行的僧侶和朝聖者看成是現今的背包客，那這提供便宜食宿的西妥教團修道院不就是青年旅館了嗎？一直喜歡在旅行中當個背包客的我，竟要住進古代像背包客客棧的修道院，不是很有趣嗎？又找到一個這棟屋子會對著我笑的原因！

「你真的太會幻想了。」老德先生對我說。他總是要在老婆幻想失控時，用力把老婆拉回現實。

「我覺得這是個很可愛的巧合。」我陷入沉思的微笑中。這是老房子與我的美麗人生的巧合。

「但你別忘了我們的功課才正要開始呀！」老德先生說。

「我們的功課？」我問。

「交屋後我們就可以進屋去了。你都忘了我們要找專業的建築師來檢查一下老房子嗎？你不怕你的古代青年客棧會傾倒嗎？」老德先生故意嚇我。

「哇！對厚！都忘了……」被拉回現實的老婆這才想到，古代的浪漫故事可幫不了我們整修古代的房子。

但是，問題來了：會替古建築做健檢的專業建築師要到哪兒去找呢？

7
菜市情報網

我猜家庭主婦應是全世界最會建立情報網的族群；菜市場裡的八卦有時比諜對諜小說情節還精彩。而且菜市場的情報包羅萬象，眞眞假假的傳聞和猜測，都讓上菜市場成了家庭主婦調劑身心最棒的活動。咳咳！當然不能以偏概全啦，也是有那種超有氣質的家庭主婦，不過那不會是我，因爲我常在菜市場或去菜市場的路上尋找到我想找的有趣人事物。

話說自從老屋交屋後，我們就開始費盡心思想著從哪裡著手老房子的整修。首先，要找的是建築師、結構技師。在德國，這兩種專業人士對每一棟房屋都有著舉足輕重的重要性。就拿老屋子來說，只有專業的建築師才知道很多很多有關老建築的相關維修法令，有了這方面專業的建築師，就可以省去一大半查詢法令的時間；如果日後有和相關法令抵觸之處，建築師都要負起大部分的責任，所以建築師的工作壓力也是不小。而結構技師就更重要了，他要測量整個建築的結構：房屋棟距的安全距離、樑柱的強韌度、每層建物的負重量、檢查建物的結構狀況是否完整。結構技師在測量後要畫出整棟建物的分層解剖圖，算出各種相關數據後，把這些數據提供給建築師參考。在德國，不是只有大工程需要結構技師的測量工作，連私人住家要整修也同樣得請結構技師喔。

如果你曾請結構技師做工程的測量，而且你也照著結構技師的數據完成整修，但建物之後卻發生傾倒的狀況，那麼結構技師就得連帶負起建物損壞的相關責任。這就是爲什麼公公會說：如果不先找到這兩種專業人士，所有整修的工作都無法開始的原因（當然你也可以自己做結構測量，若出狀況，屋子坍塌了，就得自己負責。）本來公婆家有相熟的專業人士，但目前都正在「烏爾勞布」（德文度假之意），雖說我們可以等待，但愛多管閒事的怪怪媳婦也想試著自己找找看專業人士。

家庭主婦主婦當場決定到「菜市場情報網」試試運氣。

讀到這兒，你可能已經笑出聲了吧？菜市場會有這種專業人士？怎麼可能！哈哈！這你就有所不知囉。歐洲一進春天，各處都開始進行戶外維修工作，因爲冬天太冷又下雪，根本沒辦法進行整修工程，所以一進春夏，大家都趕工重整房舍。其實算一算，眞正能好好在戶外工作的好天候，不過是兩個季節約莫六個月的時間。正因如此，此時在歐洲傳統菜市場的市集四周，到處都是美美的老建築在進行維修。我上菜市場的時候，就特別留意哪家老建築店鋪在整修，或哪一棟老屋子在全面換屋頂加全面改建翻新。這樣的維修工地，當然一定有我們想要的兩種專業人士呀。家庭主婦這時候，就要拿出菜市場情報網的調查功力。

從我常去光臨的布料店得知，現在城裡有好幾家老房子店面都在整修，他們建議我去問問看。我又從骨董花店得知正在整修的店面中，有哪幾家店可能是有找建築師維修做規劃。綜合這些線索，我大概知道要去哪幾間維修中的商店詢問建築師的事。

我進了城中老廣場邊第一間正在進行維修的商店。這家店正在換內部裝潢。

「您早呀！您的店鋪在維修？很漂亮呢！有請建築師嗎？」我問。

「我只是來送裝潢材料的；誰是建築師？不清楚呢！」一位搬運整修材料的先生客氣地說。我又問了一圈，沒人知道。

「謝謝啦！」我道謝後走出店面。

好，繼續走去第二間正在全面翻修的這棟老建築店面問問看：

「您早呀！有人在嗎？」我對著空蕩蕩的工地問。

這間老房子全面翻新中，看來是挺繁複的維修工程。

「您找誰？」一個男生的低沉嗓音從一道未乾的水泥牆後傳來。

我順著聲音的方向走進去，看見一些工人正在把老屋的舊樑換成新樑。又用許多圓鐵柱撐住天花板。

「您找誰？有什麼我可以幫忙嗎？」一個看來像是工地經理的人走過來問我。

正在施工的工人們都以疑惑的眼神看著我這個一大早闖入工地的外國人，

而且這個闖入者手裡竟然還提著菜籃。

「哇！你們是在替老屋樑做整修嗎？」我驚訝地問。

「是的。您要做什麼？」那位身材高大、留著兩撇小鬍子的人回答我。

「我……我只是想知道，老房子這樣拆樑打牆做翻修，天花板不會垮下來嗎？」我問了無厘頭的問題。

哇哈哈……正在工作的所有工人聽了我的問題竟然開始大笑。有一個工人立即說：「會垮的話，我一定第一個跑走！」哈哈哈……其他工人又開始大笑。

我看工人挺輕鬆的，就繼續問，「我們也有一座老房子，您也可以幫我們這樣做整修嗎？」

「不行。我無法回答您的問題。所有老房子要整修，最好是先找合格的建築師看一看比較保險。我們施工時一定要照著建築師給的圖才行，不然會很危險。」身材高大、有著一個大鼻子的工地經理說。

「我們正需要一個這樣的建築師幫忙看看我們的老房子，請問如何連絡他？」這個隨便闖入工地的家庭主婦還真是煩人地問個沒完沒了。

大鼻子工地經理知道我的意圖後，友善地要留建築師的資料給我，但臨時找不到紙筆。剛剛說笑話的那個工人見狀，扔過來一支又大又扁的工程用鉛筆，我則提供了超級市場買完東西的發票當便條紙。

大鼻子工地經理用長長又扁平的鉛筆寫下了建築師的連絡資料：

建築師　杜大明

五月花小徑8號

電話：××××××8888

（華娟註：爲保護故事中相關人士隱私，所有書中之人名、地名和相關資料皆爲虛構）

「老房子維修要小心，這位建築師有不錯的經驗。」工地經理說。

嘿嘿，眞棒！我居然在買菜途中，找到了會維修古房子的建築師。

雖然有了建築師的資料，但還沒連絡上就都不算數。

8
五月花修道院

「如果我不認識你，我絕對不會相信你。」老德先生說。

「爲什麼？」我問。

「你說你找到一個建築師，他的連絡資料卻寫在一張皺巴巴的超級市場收銀發票上……」老德先生看到我給他的建築師資料，覺得被我這個家庭主婦打敗。

「喂！能問到建築師的連絡資料就很厲害了！還要嫌！厚！」老婆雙手插腰。

我再看看大鼻子工頭寫的資料，還眞的滿好笑的。扁鉛筆一定很難握住寫字吧？他粗粗的字體有點扭曲，很像幼稚園小孩正開始學寫字母。

「我們問問看這個建築師能否請他先來看看這棟老房子？請他告訴我們可以先『救』哪裡？」我興高采烈地建議。

「有點怕他不接我們這種私人的小案。」老德先生有點擔心。

「如果他來看了後覺得沒興趣，誰也不能強迫他。」我說。

家庭主婦那麼辛苦才問來的建築師資料，怎麼可以沒被用到呢？老德先生眞不懂我這個愛管閒事的家庭主婦的心理耶！

老德先生當然明白如果他不試試連絡建築師，自尊心比坦克車還強的老婆可能會抓狂，他只得照著發票上的電話撥了號碼。

建築師本人接了電話。

老德先生把我們的狀況向對方簡述了一回。

「請問您怎麼會有我的電話號碼呢？」對方疑惑地問。

原來這種請託業務的方式在德國很不尋常，一個根本沒時間做更多案子的建築師，居然還會接到陌生人的電話要求新建案的幫忙。

「ㄜ……是我太太上菜市場時找到您的連絡方式……」老德先生邊解釋時臉也快漲紅。但是好像老德先生越解釋對方越聽不懂。

「找到我的連絡電話？在菜市場？」建築師的語氣有點懷疑老德先生是打電話去亂的。

「可以請您來看看這棟老房子嗎？」老德先生選擇將談話縮短並速戰速決；如果他再繼續解釋下去可能自己都會變糊塗。

建築師說他隔天下午有空。我眞期待跟自己從菜市場找到的建築師見面。

有著一頭紅髮，五十開外的阿明建築師很和善。他進到屋內後就開始很有興致地東看西看。

「您說這兒曾是西妥教團僧侶居住的修道院？」阿明建築師問。

「是的。原屋主有跟我們簡述了一些相關的故事。」老德先生禮貌地說。

阿明建築師下到老地窖又上到屋頂的天台。我們兩個建築外行人則亦步亦趨地跟著他。阿明建築師似乎是個非常非常不愛說話的人，我們本以爲他這位專業建築師會邊看房子邊跟我們唏哩嘩啦講一堆專業看法，可是他只是很細心的觀察房子的很多角落。等他看了老半天之後，才緩緩吐出幾個字，竟然是：

「這．是．一．座．很．老．的房子。」

我聽了差點爆笑，心想：這．誰．不．知．道．呀！

我誇張的表情似乎被阿明建築師看出來我在想什麼。

阿明建築師客氣地說：「我的意思是，要將整座房子整理到好可能需要一些時間。」

我趕緊裝乖巧的點點頭。家庭主婦聽到專業回答很識趣地表達尊重。

「那您看了一遍之後，有什麼大概的印象，哪兒需要做些適當的修改？」老德先生問。

惜字如金的阿明建築師於是重帶我們走了一遍整棟老屋子，並將他剛剛所看到的問題一一解說。阿明建築師的解說十分仔細，如果不是透過他專業的觀察，有些老房子的缺點，就算我們用力看一百遍也看不到的哩！可是，最讓我驚訝的事是，我沒看到阿明建築師作筆記呀，但他怎麼能看一遍就將陌生老屋中各角落的問題特徵記得清清楚楚？還有阿明建築師說話時的態度，不帶任何一絲情緒，也不做過多無謂的批評，這讓我們在聽他說話時，很快地就能進入他想傳達的主題，並且試著跟他一起探討解決的方法。我覺得阿明建築師眞像個很會授課的老師。更讓我印象深刻的是，他只走了一次老房中的樓梯，就已經看出在哪一個轉角有何處角度不平；他擔心若是要置換新樓梯，將會有些難度，因爲製作樓梯的商家必須測內牆的彎度測到非常精準才行，不然新的樓梯將永遠無法沿著老牆做貼身的樓梯板和扶手。

「請看這兒，」阿明建築師指著二樓樓梯的最後一階說，「這一塊樓板的寬度問題可能會通不過法令規定。」

「對不起，我有點不懂……這是我家的樓梯，而且只是一階樓板，這樣也要遵守法令？」我疑惑地問。

「建築法規有規定，家用樓梯每一階樓板的寬度和高度如果太窄或太寬，或是與下一階樓板的平均距離不符合法定的標準，都是違法。」阿明建築師很平穩地回答。

什麼？我家的樓板寬窄也會被法令管到喔？這會不會太嚴了點兒？

「有解決的辦法嗎？」實際派的老德先生問問題比較會問重點。

「有的，只要把二樓的走道切掉一部分，將局部樓梯的寬度變成與其他樓板一樣寬，就可以符合樓梯公司要遵守的法令尺度規定。樓梯公司會與你們簽一份合約書，載明樓板的法定狀況。」阿明建築師說。

聽了眞快昏倒！爲了換個簡單的樓梯，還要切二樓的樓板，切樓板後還要簽合約……眞的超複雜。

「但是您可以考慮，」阿明建築師繼續說，「若決定更動二樓通道的寬度，我們就要先請結構技師來計算屋樑在被切割後是否可以承載新樓梯的重量。」他很耐心地解釋。

「如果結構技師說不行呢？」我問。

「那麼我會建議您保留舊有的老樓梯，或許也別有一番風味。若勉強裝進新的樓梯，將會觸法，也會讓房子受傷。更重要的是，如果最後一階樓板太窄或太高，很容易讓人跌倒。請將這些重要的事實納入您維修時的考量。」阿明建築師不疾不徐地說。

不知怎麼的，我很喜歡阿明建築師說話的邏輯性。跟他談話有很愉悅的感覺。

當繼續往下聽阿明建築師的專業老房子導覽後，才知道改動老建築物中的任何一項結構，都有可能傷害到房屋其他部分的平衡。尤其許多老建築的夾層結構是以乾草做建料，與現代的建築材料完全不同，所以整修時可得很小心地處理結構問題。而多數的百年樑柱又藏在屋子的地板底下，除了專業結構技師的測量技術，沒人能保證完全掌握老房子的狀況。照這麼說，那懂得測量百年以上老房子的結構技師，不是就更專業啦？他得把百年以上各建築時期的老屋結構都了解透徹哩！

「我想問一個問題。」家庭主婦的跳躍思考法開始了，「房子後頭有道老牆，可以請你設計開一道門嗎？這樣我就不必從前門再繞一大圈走去菜市場了……」家庭主婦打起了這種偷懶的如意算盤。

沒想到家庭主婦異想天開的建議竟馬上遭到拒絕！爲什麼？

阿明建築師很客氣地說：「對不起。我不能爲您做這件事，因爲按照法令，這個區域是被包括在不能隨便更動『城市面貌』的區域，沒有申請就隨意更改老建物外觀是違法的。因爲我是合法的建築師，我不能替您開這道門。」阿明建築師慢條斯理地說。

城市面貌區域？原來政府還有部門在管城市的面貌喔？舉凡要改動房屋的

顏色、門窗風格和房屋形狀，都得先申請，更要將更動的內容先設計好後呈報有關部門，得到許可後才可動工。雖然家庭主婦對於還是得繞路去菜市場買菜有點怨嘆，不過我很是佩服這位阿明建築師的守法精神。

和第一次見面的阿明設計師談話後，他給我們留下守法又正直不阿的印象。

「想請問您有時間爲我們做部分整修的規劃嗎？」老德先生問。因爲阿明建築師說他時間很少，不能再接新的案子。我們誠心希望這位文質彬彬的建築師可以爲我們的老房子做點規劃。我們很高興阿明建築師說他可以試試看。雖然他還有很多建案在同時進行，不過都是新式的大豪宅。我們的老房子對他而言雖然是迷你的案子，但他說這樣有趣的老房子，總是他喜歡研究的對象，所以很樂意幫我們的忙。

就在五月鈴鐺花的花香中，我在五月的菜市場找到了這位住在「五月花小徑」的建築師，他要幫這棟老修道院做「拉皮」的工作。既然是這樣有趣的巧合與結合，就暫且稱我們的老房子爲「五月花修道院」吧。

9 結構技師之舞

這個標題看來很浪漫，對吧？你可能會猜：莫非是結構技師很帥，所以家庭主婦想跟他跳支舞呢？

哈哈！完全猜錯啦！剛好跟事實相反，這位結構技師一點也不詩情畫意，反而超理性。

話說因爲我們找到建築師後，接著就得找結構技師來看房子的結構。結構技師的專長就是靜力學，他們得用非常專業的知識來爲房子結構找出所有的支撐平衡點。沒有結構技師的幫助，整修的工作就很難開始進行。建築師介紹

給我們一位與他合作的結構技師，這位先生除了一般新工程結構測量很厲害之外，對於歐洲老建築結構的研究也不少。這樣的結構師可是我們正需要的專業技術人員。

結構師來觀測我們房子的那天，我才知道結構技師工作原來如此；他所有的測量動作都讓我大開眼界。

「我們先從地窖開始吧。」有著小圓啤酒肚，一點點僧侶禿的結構技師說。他身穿野外登山服，足蹬硬圓頭登山鞋，提著一只中型的牛皮工具箱。

「敢問爲何從地窖先開始？」家庭主婦好奇地問。

「因老地窖常常是最少被裝修的地方，從地窖的結構可看到原始的建築形式；而且地窖也會忠實反應出房屋是否潮濕，如果濕度很高，就可推測老樑柱是否因吸水過多而潮濕。這樣可以當成我們是否要換新樑的參考依據。」結構技師很耐心地向我解釋。他摸摸老地窖中的拱形牆壁，說：「我猜原屋主曾想用水泥封住地窖穹頂，但是失敗了。」

「如何知道失敗？」我問。

「因爲這舊白色石灰粉的痕跡，」他將手上的粉末給我看，「但是這種上了幾百年的老地窖，都是紅磚瓦的結構，根本不能再加上石灰的重量，即使塗上去後，也會因爲老紅磚無法自然呼吸而長出黴斑。當然也有特別爲老地窖製作的修整石灰塗料，但是價格十分昂貴。我覺得自然的紅磚地窖顏色看起來比較漂亮。」結構技師搓搓雙手，把舊石灰的白粉從手掌心搓掉。

哇！眞厲害，這樣就知道前屋主曾想要做的事？

結構技師大概看了一下，就開始拿出一個小鐵鍬，慢慢地敲老地窖樓梯下方一道白色的牆。

「這道牆後面應該還有一個空間；照地窖的大小看來，牆後應該還要有足夠的寬度才可以支撐住整個一樓的重量。我現在要把它敲開看一下，確定後面是木樑還是石柱。」他邊說邊敲。

喀啦喀啦……小白牆給敲鬆了一個小洞，落到地上變成一堆白粉末。結構技師用手電筒朝牆壁上敲開的小洞裡照了一下。

「是空牆嗎？有沒有藏寶藏呀？」家庭主婦竟蹦出這種無厘頭的話。

「如果有的話呢？」結構技師聽了我的話笑著回問。

「美麗的寶石全都歸我；其他的東西你可全數帶走。」我認眞地說。

「哈哈！可惜只是另一道磚牆而已，沒有寶藏。」結構技師笑著搖搖頭對作著挖寶夢的家庭主婦說。

唉！眞可惜……

結構技師把在老地窖測量的數據都記下來。也順便畫了簡單的記錄圖。來到一樓檢查各個房間，因爲都是獨立、有隔間的房間，結構技師看不出哪裡有樑柱，哪兒沒有。所以他開始用手敲所有的牆面，聽音辨別老樑的位置。

「老房子的樑柱和新式的房子完全不同，不能用常理判斷。因爲幾百年間的改變很多，記錄也不完整之故。」結構技師很熱心地跟我解說。

我有樣學樣，咚咚咚地亂敲起來，發現他教給我的聽音辨樑方法眞的可以敲出牆面很多不同的聲音。

結構技師在紀錄本上又寫了一堆我看不懂的東西。接著他又去敲小天井的外牆，老洗衣間，以及浴室的牆。我跟在他後頭，覺得很喜歡結構技師的工作，因爲他的工作就是亂敲亂打人家家裡的牆，頗好玩的嘛。不過，越看結構

喀
喀
喀

技師的動作越覺得這工作可能比我想得更複雜。

敲敲打打來到二樓，結構技師放下工具箱，走到房中間，開始像跳踢踏舞般從右跳到左，又從左跳到右。他邊跳邊豎起耳朵聽地板的空心回音，聽一聽，想一想，再跳一跳，聽一聽，想一想……這可讓我看呆啦！這位結構技師先生在做什麼呀？

「我剛才已大約知道一樓的樑柱設置的狀況，現在要測二樓的地板，也就是一樓的天花板，我們要確定它搭建的方向。老房子有很多是前後搭長型的大樑，也就是說古代的人喜好用一根長直樑一直搭到屋後。也有用短樑左右橫搭的，那麼樑就短一些，短樑的數目也就多幾根。」他一邊跳踏著地板一邊跟我解釋。

那我了解了，結構技師正在用腳敲地板，要看老屋的樑是怎麼搭的。哈哈！這眞的是太好玩了吧？

「確認二樓地板的搭建方式後，一樓要改隔間的話就會比較安全。至少不會將一樓隔間牆的支撐柱移開，而讓二樓坍塌。」他在跳完測「樑」舞之後，在他的紀錄簿上記下了地板下看不到的樑柱的搭建方向。結構技師的牛皮工具箱中裝滿了各種測量的尺規和儀器，他也從牛皮箱中拿出輔助的量尺或儀器量東量西。家庭主婦好奇地跟在一旁看得眼花撩亂。結構技師的工作眞的很專業，根本不是我這家庭主婦所能了解的。

來到三樓，結構技師又跳一回測「樑」舞。他的筆記本已經密密麻麻記了一堆數字。

「我會在整修開始時，會同建築師再來看二樓樓板中的結構。我要等工人撬開樓板時才能看仔細。我懷疑有一根橫向的長樑只剩半截，也就是說這根重要的樑並未貫穿到屋子的另一頭。」結構技師說。

一根樑只剩一半？幸虧有結構技師抓到這問題，不然眞危險！

「我有個問題：難道沒有超音波儀器可以看結構內部嗎？一定要又跳又敲或將建築打開看才行嗎？」家庭主婦問了好笑的問題。

結構技師看看我，笑著說：「如果有這種儀器，我可能就可以少跳點舞，利用時間多畫點測量結果的結構圖了。當然啦，即使有這種專業的探測儀器，也不是給一般家庭使用的。」

原來如此。看來我們認爲麻煩、複雜的老房整修，在結構技師眼中只是超迷你的小工程哩！

結構技師告訴我會把繪製好的結構分析圖交給建築師，作爲建築師繪製更進一步整修藍圖的參考。

10 圖表大對決

老德先生上班時間無暇顧及整修的所有工作，一些大小雜事便成了我這家庭主婦的工作。如果我真的忙不過來，公公就成了我們求救的對象。但是即使有人幫忙，我也絕對沒想到會有**那·麼·多·麻·煩·事**！

首先，工程開始前，我們得去聯邦州的地政測量局申請老房子的地界鳥瞰圖。這圖表是由德國各聯邦地政測量局所繪製的地圖。付了規費，就可以看到房子及其周遭最精確的測量尺寸。

「這是房子的邊界。」身材寬廣的測量局辦事先生對我說。他移動電腦螢幕上的滑鼠箭頭，勾勒出房子的地界。

「畫得眞清楚呢！」我讚嘆那個電腦軟體可以顯示最精確到毫釐的數字。

「這棟房子跟其他房子的土地並無重複地界的問題。」他說。

「重複地界？」我不解地問。

「有些人沒搞清楚地界，把房子蓋在別人家土地上呀，這可常發生喲！如果是這樣，就得拆屋囉。」他跟我解釋。

哇！房子蓋在別人家的地上？如果遇到這種事，眞會冒冷汗……還好，老房子的地界圖畫得很棒又清晰，免驚，免驚。

「您已經請結構技師看過老房子了吧？」測量局先生問。

「有的。老房子一定需要結構技師的幫忙吧？」我說。

「當然啦。我會這麼問您，是因爲我自己目前也在整修我阿嬤留給我的一棟上百年的老房子。老建築問題可眞不少！因爲是要整修給我兒子住，我們就每個週末一起買材料整修。裝修過老房子後，您就會學到很多新知識，也挺有趣的。最重要的事是，兒子和我之間的溝通品質改善了不少。」測量局先生發表著親子感情促進篇的老房子維修感想。

「是呀，我相信一定是有趣的經驗。我們家目前也是全家待命總動員的狀況……」我話還沒說完，鈴鈴鈴……這時我的手機響起。我趕緊道別了和善的測量局先生跑出辦公室外接電話。

原來是公公。

「你拿到測量圖了嗎？」公公在電話那頭問。

「有的。你拿到結構圖了嗎？」媳婦回問。

「有的。一張一九一八年建築師徒手草繪的藍圖……」公公回答。

因爲結構技師說有根大樑可能有問題，謹愼的公公馬上說他可以幫我們去跟市政府申請老房子的結構藍圖。結果眞的被公公找到一張骨董級的結構圖副本。

「我們現在去老房子集合，我把圖交給你。」公公說。

公公是有效行動派，任何事都要立即徹底清楚執行。媳婦兼程趕回老房子那邊去。

當我看見公公的骨董結構圖，差點笑昏。

「哇！這圖真的超骨董級的！」我說。結構圖上的德文還是老式德文（Sütterlin script，德國一九一五年左右，建築師或繪圖師所使用的一種老式德文書寫字體），看了半天雖然看不太懂這種老式德文在寫什麼，卻覺得那位繪圖師的手寫字很漂亮。

「以前這裡是設計成洗衣房呢！」我照著草圖在老房子中亂走。

「你看見這兒以前是什麼了嗎？」公公指著樓梯下方的一個空間問我。

我把骨董設計圖像地圖似地翻正翻反對照過方位後，「哈哈哈！是茅坑！」我笑著回答公公。公公聽了也笑了，他知道媳婦最喜歡找這種講出來會令人發噱的事。

「結構技師有說他的測量圖什麼時候會出來嗎？」公公問。

「沒說呢！很緊急嗎？」我問。

公公立即徹底清楚執行每件事的態度，讓媳婦有點緊張。真怕他會覺得媳婦太散仙。

「他有說地窖有什麼需要更動的嗎？」公公又問。

我說沒有，地窖不需要增減任何結構。

「那我就可以請瓦斯行來改瓦斯錶囉？」公公問。

「改瓦斯表？」我不懂。

「因爲房子是以瓦斯供應暖氣系統，前屋主不知爲何有兩個瓦斯計度器。瓦斯計度器的費用是照『個』來算的，如果有兩個，不是就要付雙倍的費用嗎？」公公跟媳婦解釋。

原來如此！老德先生跟公公已經把老房子內所有可以改成精簡的設備重新規劃，如此可以省下不必要的月付費用。家庭主婦掐指算算一個瓦斯計度器的租金，可以上速食餐廳吃好幾個碳烤爐的披薩餅哩！那當然要早早拆一個走，免得白白浪費月租費，划不來呀！

超有效率的公公在確定地窖沒有要施工後，馬上就跟瓦斯行的安裝技師（華娟註：德國的瓦斯行有專門安裝和設計家用暖氣、瓦斯和水的技師，這些技師統稱爲安裝技師**Installateur**）取得了連絡，安裝技師表示第二天早上七點三十分就會來將多餘的瓦斯計度器移走。

「瓦斯行一定要約那麼早嗎？」愛早睡晚起的媳婦怯怯地問。

「對！跟瓦斯熱水暖氣行約時間一定要約那麼早，這些安裝技師都很忙碌，要趁他們前往別的工地開工前來把較簡單的工作完成，否則他們可能一整天也抽不出空過來。」公公很認真地對懶媳婦說。

好吧，好吧。明早七點半我會來給安裝技師先生開門。唉！說起來我真是不懂事的媳婦，這明明就是我們要維修房子，怎麼我的合作態度還那麼差，竟然嫌工人來太早！哈哈！也真是太扯了……

11 準時的先生們

隔天一大早，我還在賴床時，老德先生已經早早起床。

「我已經向市政府申請移除多餘瓦斯表了。」老德先生的書桌上，堆滿了因爲老房子要開始整修而需要的一大堆各式各樣政府機關申請表格。

「瓦斯表不要繼續用還要申報移除喔……」我睡眼惺忪地說。翻個身想繼續再賴一下床。

「你要跟安裝技師先生確認我寫的度數。」老德先生從一堆表格中抽出一張準備好的文件副本交給我。

「這要做什麼？」我還在半睡眠狀態。

「我昨晚不是有去老房子抄來瓦斯已使用的度數嗎？這是要跟市政府確定瓦斯表拆除時的度數，隔月才能精確計費……」老德先生認真地跟老婆解釋。我覺得他完全繼承了公公的「立即徹底清楚執行」所有事的性格。

「喔……」我打了個呵欠。

「要看清楚計度器上的編號，別說錯計度器喔，把不拆的那個拆除，我們就沒暖氣用了……你說安裝技師幾點會過來？」老德先生邊問邊準備出門上班。

「七點……」我看看鐘，「哇！已經七點十分啦？」我嚇得從床上跳起來。

「啊！來不及啦！」我對著老德先生大叫。但老德先生也愛莫能助，便匆忙上班去了。

我跳下床，用兩手兩腳同時伸展脫掉睡衣、穿上衣褲的超快方式換好衣服，簡單梳洗後就往門外跑……大街上冷清清的，我跑得很快，像後面有獵狗在追我……

很不幸地，安裝技師很早就到了。竟然是七點三十分前就出現了。他穿著工作服，提著大金屬工具箱在等我去開工地門。留著小平頭的瓦斯先生身材精瘦、背肌強壯，看來有點像健美先生的那種身材。

「眞眞眞是抱歉……遲到了……」我對今天首次謀面的安裝技師說。我跑得上氣不接下氣。

「沒問題，沒等很久。」安裝技師好心地安慰我。

我們來到老地窖。

「是要移除哪一個呢？」安裝技師問。

我腦中浮現老德先生提醒我的話：「別拆錯了計度器喔，如果把不該拆的那個拆除，我們就沒暖氣用了……」

「我……等一下，有表格……」我從口袋抽出老德先生準備好的表格。老德先生怕我會忘記帶表格，竟然把表格準備好放在我的外套口袋中。哈哈！知我者莫過老德先生也。

安裝技師先生也拿出一些表格來核對塡寫。他很仔細地看了編號，又查對老德先生抄的度數是否正確，就開始拆除決定不用的瓦斯計度器。

「您是替市政府工作呢？還是自營公司呀？」我問。我不懂他爲何也要塡市政府的表格？

「瓦斯暖氣的技師是要考專門的聯邦政府執照的，也就是說我們可以幫助市政府拆除像計度器這樣的東西。其他沒有執照的人，不能隨便安裝拆除與瓦斯管線有關的機器。因爲瓦斯有高危險性，德國政府在安裝技師證照這方面管理的相當嚴格。」安裝技師邊拆計度器邊向我解說。我覺得德國政府在什麼方面都很嚴格，不只對安裝技師如此。

「您看，」安裝技師先生拆裝計度器前後，拿出一個像鑰匙的東西，「這是瓦斯總開關的鑰匙；這鑰匙只有擁有合格證照的技師才能使用，因爲鑰匙可以用來將瓦斯管線跟總供應端的天然氣開啓或鎖住。這個鑰匙很難複製，所以沒人可以將管線隨意打開偷用瓦斯。」安裝技師先生很耐心地跟我解釋他使用的裝備。

經他這麼一解釋，我倒覺得德國政府這種對瓦斯的管理很棒，而且考慮周詳又用心。我喜歡這些經過嚴格考試的安裝技師，因爲他們用專業的技術保護瓦斯用戶的安全呀。

「這個房子我來過，」安裝技師先生說，「是前屋主剛裝暖氣的時候。」

「他爲什麼要裝兩個瓦斯表呀？」我好奇地問。

「因爲他們不常在家，樓上又租給別人。多裝一個瓦斯表才能算房租呀。」安裝技師先生說。

喔，對了，順便跟你解釋一下，德國租房分爲「冷租」和「熱租」。租「冷」的租金少一點，因爲熱水瓦斯暖氣都要租屋者另外支付；如果是租「熱」的，意思就是說房租有包括熱水瓦斯暖氣。長期租屋當然要租「熱」的，不然冬天會很冷呀！

我猜前屋主應是租「冷」屋給別人，因爲瓦斯表分開，房客可以照帳單付暖氣費，用多少給多少。

這時安裝技師先生將管線都引到一個瓦斯計度器上，再幫我們將拆除的瓦斯計度器抬出地窖，放在門口。

「您公公說他會來將計度器抬去市政府還。」安裝技師先生說。原來拆下來的舊瓦斯計度器還要還給市政府的相關單位。幸虧公公事先安排好，要不然我還不知拿這又大又沉的瓦斯計度器怎麼辦。

當我跟安裝技師先生說再見時，就看見比安裝技師先生還準時的公公，已經把車停好準備來抬瓦斯計度器了。

「我現在拿瓦斯計度器去還給市政府。另外，我已連絡市政府查水表的人十點半過來。」公公跳上車時交代我，「你要注意時間過來開門喔。」做事立即徹底清楚執行的公公跟我說。

我看著公公的車子駛離。

唉！大家都太有效率了吧？我突然想起自己還沒吃早飯呢！趕緊利用時間跑到路邊咖啡廳喝一小杯咖啡，又跑回老房子待命。查水表的人十點二十分就到了。

這位水表先生每天都得在城裡檢查很多水表，順道看看一些老房子的水道功能是否依然完善良好。

「老房子中的水管都是隨意設置的，搞不清到底從哪兒接到哪兒。我的工作最主要的是要看看是否有嚴重的管線問題或是漏水的狀況。還有水表的換新

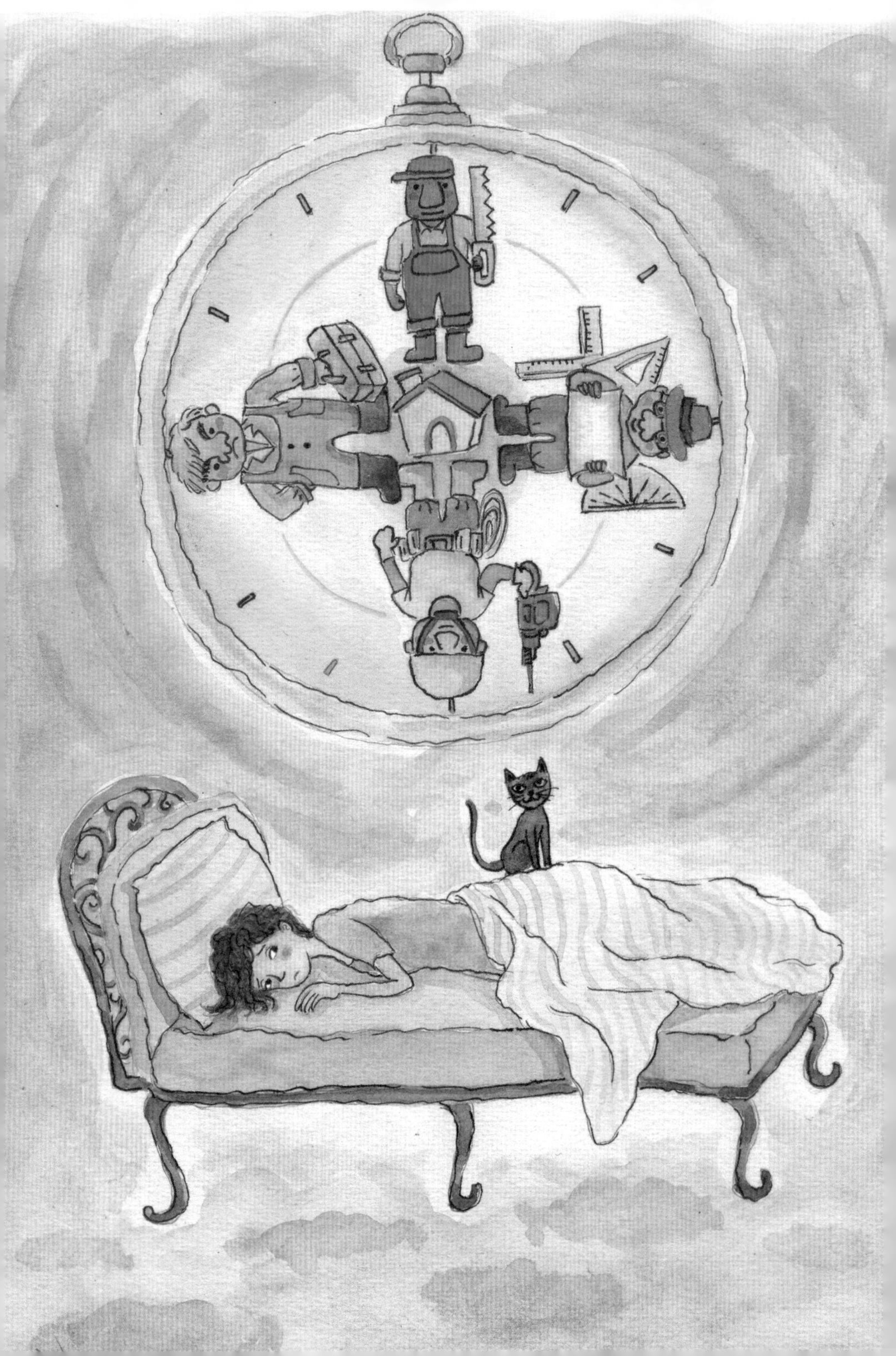

也很重要，老水表有時會量不準，這樣會有水費計算錯誤的疑慮。」水表先生說。

我覺得水表先生長得很像某個德國啤酒品牌上的神父。他的笑聲好像要把地窖的牆震到掉粉末。

「您看我們的水表還可以吧？」我問。

「我看沒問題。前一個屋主挺精心維護的，看來乾淨又可靠。你們這戶暫時不用換置新的水表。」水表先生說。

水表先生剛離開，公公已經從市政府回來了。大家怎麼都那麼有效率呀？公公要我跟他到整個房子看看哪裡需要換新的暖氣管。哇！房子還沒開始整修，就一大堆事情要事先規劃！光是今早這幾件事就讓我覺得很忙了，我不敢想像真正要開始整修時會是什麼景況？

公公回家後，我看看錶，已經午後一點了耶！厚！一大早跟這幾位超級精確準時的先生們打交道忙到現在，肚子好餓！乾脆買些五穀麵包填肚子。

飢腸轆轆的我鎖了老屋的門準備回家，就在半路上，意外地闖進了這家好笑的麵包店。

12 學舌麵包

如果不是因爲老房子，我永遠不會知道有這家麵包店的存在。

可能是因爲肚子很餓，所以會特別注意哪兒有什麼與吃有關的店面。這家老麵包店在一條古老小巷的轉角處，房子是十九世紀的古房子，看來古色古香，我猜麵包店的招牌大概至少有三十年沒換過了。麵包店櫥窗的擺示裝潢，也完全沒有摩登感，不過紮實好吃的麵包倒是堆滿了櫥窗，讓我加快腳步跑了進去。

「日安！」我一進門就說。

「日安！您要什麼麵包？」

我這時卻很迷惑，因爲我聽到有人回話，但是站在麵包櫃檯後的小姐沒張口說話呀！

看到我滿臉疑惑的表情，「哈哈！那是我家的鸚鵡啦。」胖胖圓臉的麵包小姐說。

「原來如此！我還以爲自己餓昏了哩！」我說。

「這隻鸚鵡什麼都會說，尤其是幫忙招呼客人可是一把罩呢。」麵包小姐說。

「鸚鵡住在哪兒？爲何不放在店前面？」我問。我想看可愛的鸚鵡。

「不行，不行。德國衛生部門規定食品店中不可以有動物，以免污染食物；鸚鵡是在店後頭的窗外院子裡養著。不過牠身型大，聽力又好，總喜歡多管閒事，幫我們招呼客人。」麵包小姐跟我說。

「眞可愛……好想跟牠玩喔！」喜歡動物的家庭主婦完全忘了要買麵包的事。

「新鮮的麵包！新鮮的麵包！」

鸚鵡又再度大聲喊著。眞謝謝牠的熱心提醒，對對對，我是要來買麵包的。我選了一整袋各式各樣的麵包和好吃的小點心準備帶回家吃。

「是那種很大的南美洲的彩色鸚鵡嗎？」我問。

「唉！」麵包小姐點點頭卻嘆了口氣並壓低音量說，「這隻鸚鵡已經二十六歲了，但是挺煩人的。」

煩人？

「我們都很希望盡量不要吵醒牠，牠只要醒著就會說個沒完沒了。」麵包小姐很無奈的表示。

「連半夜也說個不停？」我問。

「唉，說到這個嘛，」麵包小姐把聲調壓得更低，「有回半夜牠一直不停說話，我媽媽就斥責牠兩句，沒想到牠竟然張著喉嚨不停地大叫『救．命．呀！』『救．命．呀！』音調又高又淒慘，讓鄰居眞以爲快要發生命案，甚至報警處理……」麵包小姐講了這段好笑的故事。

我聽了笑得麵包都快掉到地上。

「請不要笑太大聲，牠會開始不停說話……」麵包小姐制止我。

「噓……」我摀住嘴不敢再大聲笑。

「那再見啦！」我輕輕地說。

「下次見！」麵包小姐說。

眞是超有趣的。我喜歡這間有隻會學舌的鸚鵡的可愛麵包店。

13
秩序清單

秩序清單？如果沒有維修老房子，我根本不知道原來在這個世界上，想要維修老房子竟然要在開工前列出各種文件表格申請清單才行！

晚上老德先生和我開了個房子維修小會議，當我看到老德先生開始寫秩序清單時，差點想請老德先生把房子還給前屋主。

「一切都太晚了；一切都開始了。」老德先生認真地說。

「可是……可是……這些遵守秩序文件要申請齊全備妥，好像要跑很多趟公家機關哩！」懶散的老婆看到秩序清單後，真想瞬間從地球上消失。

這樣說你可能不明白是怎麼回事，還是先來給你看一下老德先生初步開出的「秩序清單」長什麼樣子。

一、老房維修需要申請的道路使用文件：

1 維修工人停車證件（請附車號）

2 維修公司大型卡車停車證（請附維修公司名稱及車號）

3 秩序局法定廢棄物放置箱

4 固定臨時車位停車證（請附使用停車位車主之車號）

所有以上相關文件必須要在整修前十二個工作天就已申請完畢。不然就什麼證件都拿不到。

「拿不到證件會怎麼樣？」我問老德先生。

「那就不能開工啦。」老德先生很乾脆的說。

「這一堆的道路標誌會不會太複雜啦？我們又不是要做大工程，或蓋摩天大樓，爲什麼要那麼費事？」我不解地問。

「這是沒辦法的事。德國每個城市都有秩序局，功能就是要維持整個城市的秩序；你其實不用去很多不同的公家機關，這些道路交通的事都歸秩序局管。」老德先生開導老婆要有城市秩序的概念。

原來，這德國的秩序局就是專司管理城市中大小秩序。城市中有許多警察單位無心又沒力管到的事情，都是秩序局管轄的範圍，比如：城市中的道路、交通標誌、違規停車、垃圾處理、噪音管理、餐廳清潔檢查、公共場所的安全設施、街頭遊民、相關執照申請許可……等，這些在日常城市生活中需要的秩序，都由秩序局以高效率行使公權力來維護。秩序局的執勤人員在德國每個城市都扮演著重要的角色。

老德先生看到老婆眼中因看到秩序清單出現了圈狀物，就鼓勵說：「這只是我查到要申請的項目，申請細節你就要去問問，也或許很簡單就申請完畢了。」

我覺得老德先生的語氣中，閃動著連他自己都不相信的線條，因爲德國少有文件證明是很容易申請的啦！

完全跟預測的一樣，老德先生所謂的簡單卻根本不簡單。因爲**眞．的．超．複．雜！**

其實，我覺得複雜的並不是去秩序局申請這些許可證，而是各文件之間法令上的相關性。比如說：要申請C項目，請先申請B許可證；要申請B許可證，請先去發給A許可證的部門填表。這樣看懂了嗎？我想我還是把經過說出來你可能比較快了解。

首先，我要去找秩序局。我以爲秩序局一定很小。我的淺見是警察局會比較忙，所以會比較大。錯！秩序局比警察局的設置還大又複雜許多。當我進入秩序局的時候，我根本找不到要去的部門。

我問了兩次哪裡可以申請「臨時停車許可證」，才終於找到了據說是對的部門。

我敲了管理道路規則秩序（兼辦「核發工地相關許可證」）的辦公室門。

「請進。」有人回應。

我開了門進去，坐下，試圖表明來意。

「您要申請的是？」中年辦事小姐問我。她有一頭理得很短的金髮。

「我不確定我要申請什麼，就是有房子維修，我家門前有工人要停車。」我說。

「您的臨時停車證是要辦短期還是長期的？」她問我。

「我不知道，您可以說明差別嗎？」我問。

「好的。我從頭將您的問題整理一遍：您有房子要整修，有工人要臨時停車，所以您要替他們申請停車許可證；也就是說，您願意負擔申請停車費用的一切支出。這個市區停車許可有長期、短期兩種。長期停車許可證，您需要提供施工停車所需的總計天數、所有工人車子的車號（包含建築公司的名稱）、預計一天停留幾小時（從上午幾時至晚上幾時）、您的地址、您想利用哪幾條鄰近的街道供工人停車；長期臨時停車許可證以二十天爲一個計費單位，四十歐元起跳。過期要事先來補辦延期，再繳延期基本費用二十歐元，多停的天數再以單日停車費總天數計算。短期停車許可證，您除了必須提供上述所需的一切資料外，只需要告訴我是哪幾天要停車即可。短期停車證的費用是……」平頭金髮小姐很詳細地說明。但我聽到這兒已經快要昏頭啦！

金髮小姐說完後，對我眨眨眼。

「說實話，我絕對沒辦法把你剛才說的話複誦一遍。」我轉轉眼珠說。

平頭金髮小姐聽了我的回答笑了起來。

「是有點複雜，您看這邊。」她起身要我看她桌旁的月曆。

「所有臨時停車證都要十二個工作天前申請，所以我們從今天起往後算十二天，這一天，」她用鉛筆點了兩星期之後的一天，「這天就是你要開工的日子，對吧？」平頭金髮小姐像個老師一樣問。

我點點頭。（其實，我不知道那天會不會開工。只想先把臨時停車證申請到。）

「好，那麼您在這一天開工後，準備要進行哪一種工程？工人大概來多少？會有多少輛車呢？」平頭金髮小姐很專業地問。

我搖搖頭。我哪裡知道建築師要做些什麼呢？我只知道開工那天工人需要停車證，所以我出現在這兒嘛！厚！老德先生竟派給我這種難差事，也不講清楚日期。

「我想，第一天是要把一道牆拆除，會要運一些舊材料走吧？」我硬著頭皮擠出一些話。

「喔？運打牆的材料？那你就不能申請平常的臨時停車證喔。」平頭金髮小姐把鉛筆咬在嘴邊說。

「還有特別的停車證？」我聽了快哭出來。現在我連平常的停車證都搞不清楚啦，竟又冒出「特別」停車證！

「既然是要做運送廢棄材料的工程，照您所居住區域的街道狀況，您必須先到派先生的辦公室去申請『街道封閉許可』文件才成，只有得到派先生核准了這份文件後，我才能再辦特別停車許可證給您。」平頭金髮小姐對我說。

唉喲！我是說錯什麼話啦？爲什麼現在要先去找什麼派先生？

「派先生會跟您解釋您該準備什麼資料。」平頭金髮小姐告訴我派先生的辦公室位置後，我只好去找這位派先生。

我輕敲派先生辦公室的門。

「請進。」有人回應。

派先生的辦公桌很大。上頭滿滿都是申請文件。看來派先生得一個人處理整個城市的工程道路封閉許可吧？我覺得那些封閉道路申請書也已經快要把他的辦公桌給封住啦。

「剛才我同事已經打電話通知我有關您的申請狀況。我可以跟您解釋一下，因爲所有建築廢棄物必須要遭到廢棄物污染監督，所以秩序局有跟廢棄物拖車公司合作租用卡車用廢棄物置物箱，這種大型箱子上有編號，可以讓我們知道建築廢棄物是否傾倒在合格的廢棄物中心。因爲法令規定，大型廢棄物置物箱放置街道時，若有可能妨礙一般路人使用街道的狀況，施工單位可以申請街道封閉。您是施工單位嗎？」派先生一口氣又講了一大堆讓我頭暈腦脹的話。

「我要整修房子，我就是施工單位，沒錯。可是，你剛才說的話，我只了解自己是『施工單位』，其他一概都不懂。」我笑著回答派先生。我本以爲派先生會把我轟出辦公室，沒想到他比平頭金髮小姐更像一位親切的老師。他和氣地舉起手，叫我回頭看我後方的牆。

我順著他的手勢回頭一瞧，啊！眞正嚇了一大跳！我身後那道比兩間教室還大的牆上，是整個市區秩序行政區域的放大地圖哩！我走過去，發現這張超大市區地圖上畫的小巷子比我整個人身體還寬！

派先生像老師一樣地走到地圖前，對我說：「這是您所說的施工地點。這裡可能是廢棄材料棄物箱放置的位置。也就是說，按照道路寬窄的尺寸計算，您的施工狀況一定會妨礙到路況。您需要從這條街，到這條街，還有這條街，設置改道引導標誌，再在這條街，這條街上，豎立『此路不通』的告示。再把施工處旁緊鄰的這條街和這條街改成單行道。」派先生在大地圖上指東指西的告訴我要如何封閉街道。

聽完派先生的細心解說，我腦海裡只浮現出這幾個字：「**他．在．說．什．麼？有．聽．沒．有．懂！**」

「我要去哪裡找這些標示呀？秩序局會提供嗎？」我終於找到可以問派先生的問題。

「秩序局沒有這些道路施工標示，不過您可以到這家公司去租。」派先生開始幫我填封閉道路許可證的資料，也一併寫了出租標示公司的電話號碼給我。

「因爲目前各處施工很多，租標示公司不一定有那麼多備用的標示。您最好盡快預約，免得到時沒標示可用。」派先生好心地提醒我。

我一看派先生寫好的租用封閉道路標示的清單，眼睛差點冒出五彩小春花！特別停車許可證的附表上開出了各種我們要租用的標誌：

本×市×街×號之道路封閉路標示牌，包含：車輛改道引導標誌、道路封閉前後橫桿、道路封閉預示牌、單行道路標、工地道路標示警示燈、所有標示桿上之警示小燈、防止路人跌倒軟墊、固定所有路標之座墊。道路封閉期間是由×年×月×日至×年×月×日。

「您要用現金或是銀行卡支付特別道路封閉許可證的費用？」派先生問。

「現金。」我趕緊拿出家庭主婦上菜市的小錢包。

再一看派先生寫出的許可證費用，這……光是這一張許可證的費用就夠上餐廳吃一頓大餐哪！特別許可證的價格也很特別吧……

「這是您的收據。」派先生很專業地開立收據給我。

「請您稍等一分鐘，您的『道路封閉路線標示擺設圖』馬上就可以用電腦列印給您。」派先生說。他同時按下滑鼠按鍵，我聽見電腦在列印的聲音。

「我需要這張圖做什麼？」家庭主婦已經被一連串許可證的申請理由及過

程搞昏了，我不懂現在爲什麼又出現一張勞啥子列印圖？

「您必須將這張圖交給出租道路標示的公司；他們才知道您需要哪些正確的標示。請複印一張給施工的建築公司，麻煩他們照正確的位置擺放所有道路封閉標誌。」派先生邊說邊將列印出來的圖交給我。

接過圖，我看到一張市街圖，上頭標好了各種彩色封閉道路標示放置的正確位置。每個街口、轉角要放什麼標示全都被規定的清清楚楚。哇！這也未免標得太精確了點吧？

「您現在可以回到第一間您去過的辦公室，憑這張特別許可證再申請臨時停車證就行了。」派先生說。他完成了他核發特別許可證的工作。

什麼?!這張特別許可證還不夠喔？還要再回平頭金髮小姐那邊去申請另一張許可證？

我走回平頭金髮小姐的辦公室時，她剛好沒有其他工作，就幫我立即辦了給工人的臨時停車證。幸好老德先生前一晚有將相關的車號都交代給我，不然又要再等一天才能辦。

「可以請問一下，爲什麼一定要十二個工作天前辦好這些許可證呀？」家庭主婦又好奇了。

「理由非常簡單。您要給我們作業的時間呀，所有道路或停車位要因故停止給一般路人使用前，都要有法定的公告時間，這至少要三天前就貼出公告給其他路人做準備。另外，秩序局要分派員工將暫停臨時停車的公告牌豎立好也需要作業時間。」平頭金髮小姐又不厭其煩地跟我解說了原因。

「喔，對了，說到這兒，您倒是提醒了我一件事。您要自己放置臨時告示牌嗎？還是要由秩序局去放置呢？」平頭金髮小姐問我。

「這兩種方式有啥不同？」我滿頭問號。

「價格不同呀。如果您自己從秩序局拿告示牌子去放置，用完後自行送回來，就比我們幫您去放置便宜喔。」平頭金髮小姐說。

搞了半天，秩序局沒有道路封閉標示，要我去跟另一家出租公司租，而臨時停車標示，秩序局則有出租。腦中浮出在街上曾看過這樣的大型道路告示牌，我要怎麼去取又怎麼送回這些龐然大物呀？我家又沒有「載卡多」……

「謝謝您的提議，但我家沒有這種車可以載，只好多付點費用。」我客氣地說。

「好的。」平頭金髮小姐隨即俐落地將許可證填好、辦好。

「我現在再跟您歸納解說一遍：您的臨時停車證和特別許可證有兩種不同的日期。要注意兩種許可證的截止日。所有單據上皆有我們的連絡電話，有任何問題，例如：臨時標示該送抵卻未送達、有人無故佔用了您的停車位、有人擅闖您申請的封閉道路之類的，都請您立即與秩序局連絡。若要延期請不要拖延到截止日之後。」平頭金髮小姐將幾張許可證交給我。

「祝整修愉快！」平頭金髮小姐的祝福像陽光般燦爛，而我的心卻已經被各種秩序標示搞得烏雲密佈。

14 秩序團團亂

老德先生休假一天。我們去地政事務所拿之前我沒拿到的土地權狀。

今天有不少申請人排在我們前面，等了滿久才輪到我們。

「下一位，請！」一絲不苟鬍子先生說。

我聽了差點笑出聲，一絲不苟鬍子先生的聲調與那天只有面對我一人的時候完全一樣。我們進到辦公室，老德先生就向鬍子先生說：「我太太之前有來申請我們的土地權狀，但未果。」

「喔，我記得。未果的理由我當天已經向您的太太說明過了。」一絲不苟鬍子先生回答。

「是的。那麼今天應該沒有問題了吧。」老德先生問。

「很可惜，今天的聯邦地政資料查詢系統故障。這是我剛得知的消息，大約還要再三小時左右才會修好。」鬍子先生一絲不苟地回答。

「可是三小時後就是您的下班時間。」老德先生說。

「愛莫能助。您還是明天再多跑一趟。因爲這是總部電腦故障，我們辦公室方面也沒法加速修復。」鬍子先生一邊回答老德先生竟然又一邊開始整理他桌上的旋轉橡皮圖章台、筆筒、寫字墊板。他把那些文具都左右來回移了又移，好像那些東西都會亂動，總不照他的意思好好安分的待在該待的位置上。這次我居然又有新的大發現：一絲不苟鬍子先生的旋轉橡皮圖章台下竟然墊著一張彩色的用餐紙巾！而且還是向日葵圖案的耶！

我用食指推推老德先生要他看那張紙巾，但老德先生不理我。

「您確定明天早上電腦可以好嗎？」老德先生要一絲不苟鬍子先生給一個明確的答案。

「是的。」鬍子先生回答的斬釘截鐵。

我們走出地政事務所時，老德先生怪我不該要他看那張餐巾紙，害他也差點笑出來。

「眞的很好笑呀！他爲什麼要放一張餐巾紙在橡皮圖章台下呀？」我問老德先生。

「因爲橡皮圖章如果不小心掉下來撞到桌面，那種給橡皮圖章用的印台墨汁可是很難清理乾淨呢。」老德先生猜測鬍子先生鋪紙巾的動機。

哈哈哈！果眞是一絲不苟的秩序先生哩！

「我希望明早電腦不要修好。」我突然說出這種無厘頭的話。因爲修不好，我就可以繼續觀察有趣的一絲不苟先生呀。

「不行，明天一定要拿到相關文件！」老德先生認眞地說。

看來老德先生爲了要開始整修老屋，精神上開始全副武裝囉。

「利用時間，我要開始跟工人連絡。」老德先生。

「連絡什麼？要先去租道路封閉標示啦！」我說。眞怕沒這些秩序標誌會沒辦法開工；到時工人來了也沒用。

老德先生迅速跟租用道路標示的公司連絡。

完了，太遲了。道路標示竟全租完了。不會吧？怎麼可能？那現在該怎麼辦？天呀！租用公司說至少未來三個禮拜都沒有夠用的標示，因爲一入夏季，各處工地都在開工動土，道路工地標示的租用量很大。

「現在怎麼辦？」我急得跳腳，「難道還要等到有標示後，再重新申請一次許可證嗎？厚！」我完全沒預想到會有這種狀況。

老德先生立即跟建築公司連絡，還好建築公司可以幫忙從另一個城市的租用公司租來相關的標示。這樣至少可以按照原訂的時間開工。眞是鬆了一口氣。

不過，所有整修的問題才剛開始。建築公司希望我們要在開工之前將整棟屋子的電流都切斷。

「糟！這麼重要的事都忘了。」老德先生說。

「切斷電？我會呀，將總開關電源關掉不就好了。」我說。建築公司特別交代這件事讓我感覺很好笑。

老德先生看老婆對這事毫無概念，就問，「你將電源總開關切斷之後，工人要用電怎麼辦?」

「ㄜ……」我答不出來。

「按照德國法令,有工程進行的地方,爲保護工作人員的安全,必須將建物中所有電力切斷,以免工人誤觸電線而發生意外。而工作用的電源將由家用電箱中另接一個轉換插頭出來,供工人使用。這工作只有專業的電工師傅才能做呀。」老德先生向老婆解釋。

原來不是像我想的那麼簡單喔?電工師傅在哪裡?要趕緊找到一個承接整個整修工程的電工師傅才行呀。

「秩序!秩序!沒有秩序是不行的。」公公說。當他得知我們沒把電工這件事當成開工準備項目之一時,馬上就再度提醒我們秩序的重要。

公公這時提到秩序,讓媳婦想到上秩序局申請許可證的事。

「爸爸,我昨天過了很有秩序的一天喔!」我故意搞笑說。

「你會有秩序的一天?」公公不相信地說。

「我昨天去秩序局辦許可證,學會很多關於秩序的法規哩!」我說。

「很好。但是你們現在卻沒有電工人選？」公公無心跟我說笑，他想幫忙找電工。

「爸爸應該有認識吧？」媳婦立即求援。

二話不說，公公又立即發揮他那徹底清楚執行每一件事的態度，幫我們找到了一位具有資深經驗的電工師傅。

不料，這就是搞笑媳婦與電工師傅展開第三次世界秩序大戰的開始。

15
不來電先生

今早讓我最沒勁兒的事就是：我沒看到一絲不苟鬍子先生。

怎麼會這樣呢？當我來到地政事務所要拿土地權狀影本時，發現同一間辦公室裡竟是一位年輕的女辦事員。

「請進，您需要幾份影本？」有著一頭棕髮並紮著馬尾的小姐爽快地問我。

「我只需要一份影本。謝謝。」我說。

我環顧著同一個辦公室，桌上同樣有旋轉橡皮圖章台，而桌面上卻光禿

禿的沒鋪防油墨的向日葵花色的紙餐巾。馬尾小姐好像也不大在乎筆筒和橡皮圖章旋轉台沒排在一直線上。還有那張辦公桌上大大的寫字墊板也歪掉啦……咦?這是怎麼回事?一絲不苟鬍子先生跑到哪兒去了?

「影本請付十歐元。」馬尾小姐說。

我付了錢,順道問:「以前那位,我是說,昨天還在這兒工作的那位先生呢?」

馬尾小姐抬頭看看我,搖搖頭:「不認識。可能調到其他單位去了吧?我也是新來的。」說完繼續伏案幫我寫十歐元的收據。

啊,真可惜!那麼有趣的人竟然不見了。

走出地政事務所,接到公公的電話,說他與電工師傅要到房子去切斷電源並接特殊插頭給工人用,要我快去開門。

快馬加鞭趕過去。公公的效率真是驚人。

「這位是柯先生。」公公跟我介紹他請來的電工師傅。

我很高興地向電工先生打招呼。真感謝這位柯先生的即時出現,要不然開不了工可真慘。

我開門後和公公、柯師傅將房子大致上看過一遍。

「老房子的電線最好全部換新，比較安全。」柯師傅說。公公點頭表示贊成。只要聽到「安全」兩字，公公就會覺得心情舒暢。他最喜歡以安全為優先的施工師傅，所以柯師傅對於安全的想法可就跟公公超對味的。

「關於維修的電線佈置，您已經有想法了嗎？」柯師傅問我。

「我想還沒有，因為建築師還沒告訴我們他的想法。等開工後就可以向您說明我們的想法。」我回答。

「是呀，現在最重要的事就是接出特殊插頭給工人使用；不知您何時有空來接插頭？」公公問柯師傅。

「因為您們的開工日在即，我明早就可以來將插頭接好，並把主電源鎖死。」柯師傅對公公說。

「好的。明早您幾時可以來呢？」公公又問。

「七點正我就會來了。希望這時有人來開門。」柯師傅回答。

「明早我不過來，我媳婦會過來幫您開門。」公公指著我。

「好的。那就明早見。」柯師傅說。

「看來是很嚴肅的人耶！」柯師傅離開後，媳婦對公公說。

「嚴肅點才好呀。電工是很重要的，一定要有合格執照的師傅才行。這樣才能對電路的佈置放心。」公公很嚴肅地回答。

沒錯，沒錯，公公說的很有道理；超感謝公公幫我們找了讓人安心的電工師傅。

第二天，我毫無困難地很早就起床了，因爲忙了幾天後，早起已經難不倒平常挺愛賴床的媳婦。難怪人家常說習慣成自然，早起的這幾天，還覺得挺舒服的。

七點正到工地，哇！柯師傅已經等在門口了。我的手錶沒不準吧？怎麼他那麼早到呀？

「因爲今天還有另外的工地要鎖電，所以早點開工就可以早點兒趕去下個工地。」柯師傅不帶任何情緒地跟我解釋他超準時的原因。

我覺得電工師傅超冷漠的。或許他工作太忙又太緊張了吧？

他下到地窖中將總電源箱檢查了半天。

「您要換掉電源箱。」他突然說。

「今天換嗎？」我對他突如其來的指令有點不知所措。

「這個電箱老了，有濕氣，很危險。還有這些插頭，也要全部換。還有這個開關，要換。您最好明天就告訴我，您要如何佈置整修的電源開關位置。」柯師傅語氣有點像在下命令似的，讓我一時不知該說什麼。

「我需要這麼快決定嗎？因爲這方面的事或許我先生跟您確認比較好。今天是否僅先把工人要開工用的電源處理完成就行了？」我回答。

柯師傅沒有回答我。

等他把電源切斷，接好工作使用插頭後，就對我說：「我的工人下午就會過來。」

「下午過來要做什麼呢？」我問。

「來檢查要換的線路。」柯師傅說。

「可是工程還沒有開始，埋在牆內的線路如何檢查？」我糊塗了。柯先生的工作速度似乎有點太快了。

「我可能要跟您公公說會比較清楚。」柯師傅當場撥手機給公公。

公公在電話那頭也說可以等開工幾天後再檢查線路，不用那麼趕。

「好的，沒問題，了解了。再見。」柯師傅客氣地跟公公掛斷電話。

「工人大約什麼時候會做第一期工程呢？」電工師傅收起笑容問我。

這可眞奇怪，跟公公講電話時還笑呵呵的，爲什麼一跟我說話就擺出嚴肅的表情？

「這些我都不大清楚，我還是請公公跟您連絡時間吧。」我小心地說。

晚上跟老德先生「報告」今天的進度。

「先報告一件令我不開心的事：一絲不苟橡皮圖章鬍子先生竟然調職了。今天換了一位完全不在乎辦公桌整齊與否的棕髮馬尾妹。」我說。

「一絲不苟先生大概是被你嚇走的吧？他大概猜到你有意圖要撞倒他桌上的橡皮圖章台。」老德先生說。

哈哈哈！對呀，我怎麼沒想到一絲不苟鬍子先生有可能是被我嚇走的呢？我眞喜歡老德先生的好笑推論。

「不過，走了位一絲不苟鬍子先生，我的生命中又馬上出現了另一位比鬍子先生還要嚴肅一百倍的柯先生。」我誇張地說。

「在你的標準中，不跟你說笑的人都會被你認爲很嚴肅吧。」老德先生吐槽我。

他根本不相信我形容的柯先生會有那麼嚴肅；他猜柯先生一定只是講話比較不輕鬆而已。

「他有點我行我素。」我反駁老德先生。

「不照你的安排的人，都是我行我素。他只是用專業角度建議事情，他也必定有他的原因和考量。」老德先生繼續挑戰老婆對人的不理性態度。

我眨眨眼，說：「那明天開始請你跟柯先生喬所有有關電方面的事。本人還有其他事情可以忙。」我悻悻然地說。

「沒問題。我不相信柯先生是喜歡找麻煩的人，他應該是認眞工作型的師傅。不然爸爸不會找他來幫忙。」老德先生理性看待柯先生的言行。

「好極了！我不必再跟柯先生打交道了。你和爸爸去跟柯先生連絡，這樣我也輕鬆點兒。」我高興地拍起手來。

老德先生則覺得，老婆怎麼會跟柯先生才相處幾分鐘就可以如此不來電？

16 細心垃圾桶

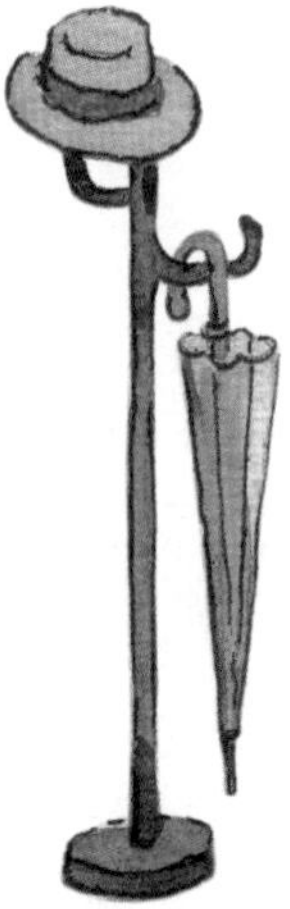

阿明建築師看過結構技師的分析圖後，開始著手替老房子的結構做補強。哪兒要上根新的樑，哪邊該築道新的牆，哪兒要加扇擋雨的玻璃窗，都以最實際的考量來讓老房子更堅固，更安全。阿明建築師將維持老屋結構的安全擺在第一順位，這讓我們相當佩服。一間房子如果只先考慮美觀，硬做出不合宜的設計，其實是最糟糕的事。而且，阿明建築師就是爲了喜歡觀察老建築，挑戰老建築的結構，才來幫我們的忙。所以，當他跟我們解說他的整修概念時，讓我們越聽越喜歡他的思考方式。同時阿明建築師也不是一昧地只認爲自己的見解就是最終唯一觀點，他會徵求我們的意見，更會將我們的看法與他的專業做適度結合。

阿明建築師也很在意小天井的排水問題。他爲了確保小天井在整修完畢後不會因下雨而積水，竟在屋內屋外跑了好幾遍，仔細檢查小天井的排水管到底是通到哪兒去？並丈量小天井地面的水平結構，畫下設計草圖，希望可以順利將雨水引進排放廢水的系統之中。當然阿明建築師又不厭其煩地向我們解說他的想法。

「骨董設計圖上記載，這兒是古代洗衣、晾衣的地方，爲什麼還會有積水的危險呢？」好奇的家庭主婦問。

「古羅馬的天井設計，都有水道將水引進距離最近的渠道，所以小天井儲存用水也同時要有良好的排水系統。但是隨著現代城市的建設，天井的功能消失，自然就不講究排水的方向。前屋主的排水系統是沒有考慮到這個問題，所以小天井的中央總是會積水；這是小天井現在會如此陰暗潮濕的原因。」阿明建築師向我解釋。

嗯，我看看小天井的四圍牆壁眞的是有泛潮的問題，牆壁的粉末都斑駁地剝落。阿明建築師希望用導引水流排放的方法來拯救小天井的潮濕問題。

「那爲什麼不把小天井用洋灰塡平，再鑽一個洞把水排進地底算了？」我問。笨主婦眞的超愛問問題。

「鑽洞是無法排放急速水流的。而且前屋主已經用洋灰將地抹平而造成水分積留在較低窪處。按照常理，小天井的雨水是從四面八方下來，當大雨的水量快過排放的水量時，導致水淹進屋內的機率就顯而易見。」阿明建築師說。

「但您說要導引水流也是利用小型的排水孔來排放，難道淹水問題就會減緩嗎？」老德先生也變得超好學地問了問題。

「排水孔只是解決問題的一環。我們必須將小天井的地面開挖到一定的深度；這樣可以將不同大小的排水礪石從下往上，由大至小地逐層鋪設到與室內地面等高。礪石會幫助將大量的水分緩慢滲透到地底，解決排水急緩的問題。」阿明建築師超有耐心地解說。

哇！聽過阿明建築師的解析，才了解小小一方天井竟有如此大的學問。還好不是我來整修小天井，我看我可能會像前屋主用洋灰再補強一遍地面喔！那這樣小天井就更沒辦法有效地排水啦！

另外，阿明建築師也利用一個小角落，預留了一個空間當成儲藏室。

「儲藏室是每個家庭最重要的空間。有很多人不太注重儲藏室的空間預留，到房屋整修完工後，才發現水桶、掃帚和清潔用品沒處擺，只好另做置物櫃來擺放這些清潔用品或隨便堆在陽台。多出來的置物櫃和堆了雜物的陽台，如此就浪費了陽台的室外空間。」阿明建築師說。

我們連聲贊同。如果阿明建築師沒這麼替我們考量，我們肯定會忘掉要給清潔用品預留個儲藏空間。

「現在比較頭痛的是垃圾桶的問題。」阿明建築師突然這麼說。

「垃圾桶？」家庭主婦聽到這幾個字眼睛亮了起來。

「您看原屋主對於現在德國越來越多的分類垃圾桶完全不知如何處置。」阿明建築師指指小天井中的好幾個垃圾桶：紙類、塑膠類、金屬類、玻璃類、廚餘類、普通類。德國家用大型垃圾桶是有編號的，如果不用市政府指定的編號垃圾桶，垃圾車就不收你家的垃圾。這些指定的家用垃圾桶公升數都不小，無法放在廚房中。德國很多人都爲那麼多的分類垃圾桶發愁。還有人因爲沒有隱藏的空間可以放置垃圾桶，乾脆就將垃圾桶放在自家美美的玄關走道上。

阿明建築師爲我們事先設想放置垃圾桶的空間。他試圖爲我們找一個房子中最適合放置這些分類垃圾桶的地點。但是老房子的玄關長而窄，我們又希望小天井裡不要有東西堆積。另一個可能的空間是廚房，但廚房根本放不下這些大桶子。或許將垃圾桶放在地窨？但要倒垃圾時，要如何把又大又滿又重的垃圾桶抬上地窨樓梯呢？……於是，阿明建築師想徵求我們的同意，打掉一樓某面牆的牆角，隔出一個空間來隱藏放置所有的分類垃圾桶。

「位置就在門邊，但我不確定這道牆中的樑會是什麼狀況？如果您們同意，我將會同結構技師來到現場，請工人將牆現敲現看。」阿明建築師說。

阿明建築師或許看過太多老建築，他不低估老建築牆內會出現的風險。若是老牆中有壞掉的樑或不明的結構狀況，都有可能拉長維修工作的時間，所以他對敲開或破壞一道牆的決定步步爲營。阿明建築師不擅作主張，硬向老建築的結構做不合理的挑戰，他完全跟結構技師配合。我想這就是專業的精神，也是保護老古蹟的優良態度。我們很高興阿明建築師有替我們想到垃圾桶處置空間的問題，當然支持他的好意設計。

「如果牆面敲開，有老樑壞朽的問題，一定要先將樑換新才能隔新的空間。如果結構技師看了後覺得這設計對房子的結構會造成問題，我們就要另外想辦法。」阿明設計師說。

阿明建築師替垃圾桶找新放置點的設計概念眞棒！至少不會讓我們落入在整修完畢後才想起一大堆垃圾桶要放哪裡的窘境。如果新的垃圾桶放置空間可以順利完成，眞的是因爲阿明建築師的細心。

大概的整修圖已經畫好。整修工作即將正式開始。

17 荷花小姐的水晶球預言

荷花小姐是我的朋友。她是位很喜歡看星座、算塔羅牌的女生。荷花小姐喜歡穿很多不同顏色自然材質的染料布衣，頭髮用最深顏色的染髮劑染得死黑，十指指甲上都塗了大紅色。我每次都跟她說她的底妝太白了，她卻從不相信。

她的德文名字是莉莉，但我覺得叫她荷花小姐更適當，因爲她超愛東方的各種神秘學說。她剛從德國北部回來，是去參加了專業塔羅牌俱樂部舉辦的年會。不過，我很少找她看星座、算塔羅牌，我喜歡荷花小姐是因爲她的善良。

她常幫助很多慈善團體辦活動，募款給需要資助的社工組織。荷花小姐的好心腸，讓我非常尊敬。

「你們要住進一間老房子？還要準備整修？」荷花小姐挑挑她的右眉毛問。

「是呀！快要被整修開工的準備工作忙翻。」我吐吐舌頭說。荷花小姐今天跟我約了泡露天咖啡座，順便跟我講她的塔羅牌俱樂部之旅。

「我跟你說，我曾聽說老房子是有靈氣的。」荷花小姐瞇起眼睛語帶神秘地說。

「你不要嚇我！」我故意用發抖的聲音說。

「不是，不是，不是你想的那樣。是好的靈氣啦！」荷花小姐看到我的模樣笑了起來。

「如果真有靈氣，請保佑我們一定要整修順利。」我說。

「這是一定的嘛！你們是好人，一定有好的靈氣跟著你們。喔，對了，你有沒有問房子以前住過什麼人？」荷花小姐問。

「古時候是修道院，第一次世界大戰後住進來三姊妹，三姊姊之後是一對

很普通的上班族夫妻。」我回答。

「啊！」荷花小姐像是靈光乍現地舉起食指。

「幹嘛？」我被她的神經兮兮弄得發笑。

「今天晚上我就回家問問水晶球；看看老房子有沒有要跟你說什麼事。」荷花小姐說。

「好呀！歡迎！你先跟老房子說我喜歡它的笑容。」我故意搞笑地說。

荷花小姐對這件事可是鄭重其事。

晚上電話響了。是荷花小姐。

「怎麼？你轉告我的話給水晶球聽了嗎？」我問。

「哈哈！我跟你說，我預言那三位老姊妹一定會回來看看你們把她們的房子整修成什麼樣子。」荷花小姐開心地回答。

「眞的？那我預言前屋主也會回來看我們整修成怎樣。」我搞笑地說。

「你從哪知道前屋主會回來看？」荷花小姐認眞地問。

「我昨天在路上遇見前屋主呀，跟他約好的啦！你又怎麼知道三姊妹的事呀？你看了水晶球啦？」我繼續搞笑。

「唉呀，被你騙了！我還以爲你也開始對看到未來有興趣了呢！」荷花小姐假裝生氣，又接著說，「三姊妹的事，我是沒看水晶球，是我另一個朋友告訴我的。她說曾經聽過這樣的傳說，老房子中住得最久又活到很老的住戶，會回來看看新住戶。」

聽到這兒我眨眨眼，因爲我根本不相信啦！不過，我還是很耐心地回應她：「親愛的荷花，如果有這種事發生，我一定第一個通知你。」

荷花小姐心知肚明，她知道我一定不相信這種事。

「你等著看吧！我那位朋友也曾不相信，但是她眞的遇見了。」荷花小姐誇張地說。

原來是她那位朋友住進一棟老房子。老房子之前也住過兩位老姊妹，就在房子整修期間，突然分別在開工及峻工時，出現兩位與已過世的前屋主老姊妹年紀相仿的陌生老太太，說想要看看她的房子。她這才驚覺傳說是眞的。而且，據荷花小姐說，這是老屋主喜歡新屋主的表示。也就是說老房子是歡歡喜喜接納新主人的意思。就像荷花小姐的那位朋友，在搬進老屋之後，就經人介紹遇見了心目中的白馬王子，甚至還生了可愛的孩子哩！

那麼說來，這種靈異事件根本一點也不可怕嘛！結果還挺浪漫的喔。不過，我還是覺得發生在荷花小姐朋友身上的事，不過是巧合罷了。

「世上所有的巧合，我相信都是眞的。」荷花小姐認眞地對我說。但我聽了啞然失笑，因爲荷花小姐每次開始一段新戀情時，最常掛在嘴邊的就是這句話。

我想，荷花小姐是世界上最浪漫的人。

18
開工紐結餅

「開工第一天，竟然要我一個人面對所有事！」老婆知道老德先生要到下午才能從辦公室趕回來時，吃早餐時就狠狠地抱怨起來。

「你沒問題啦！只是去給工人開門，又不是要做工。」老德先生覺得我小題大做。

「唉……我眞的有點後悔。」我嘆了口氣說道。

「爲什麼？」老德先生認眞地問。

「我們好像很會自找麻煩。我以爲就是整修整修小天井，沒想到還要克服一大堆結構問題。」我沮喪地說。

「你待會兒去開個門；門一開，整修就快快開始。做完了，就沒事了。」老德先生安慰我。（但這時我們並不知道，這門一開，卻沒有那麼容易就完工。）

當我跑到工地時，工人們已經等在門口了。唉呀！我怎麼又遲到啦？趕緊開了大門讓大家進去。工人們還陸續從車上搬一堆工具進屋子裡，準備開始工作。

「等一下！等一下！」我叫住正要開始打牆的工人。

「有什麼事嗎？」工人問。

「我要把你們開工的『第一敲』拍下來。」我說。

「喔，要拍照是吧？」工人們會意過來。他們停下工作等我拿出相機。

「這樣的姿勢可以嗎？」工人們跟我開玩笑說。他們拿起大榔頭假裝要敲牆。

喀嚓！照了老房子整修前的「第一敲」照片。

「可以了嗎？」工人們問。

「謝謝呀！這張照片要留作紀念。」我說。我以爲工人會繼續用大榔頭敲牆，但是他們卻放下榔頭、拿起專業的大電鑽開始把牆給摧毀！厚！原來工人也會製造拍照氣氛哩！打牆根本不是用榔頭敲嘛！

「您好！需要封閉道路的秩序標示，我們已經爲您申請好也已經擺設完成了。請您隨我檢查一遍。」建築公司的一位先生對我說。

哇，他不說我都忘了要封閉道路的事了。我趕緊跟著那位先生走了一遍需要擺設所有封閉道路相關標示的街道。完全符合秩序局的規定。我想這種專業的工作，非得建築公司的配合才有辦法完成。所有的租用標示都是建築公司用中型卡車載來的，而且一些標示上還有閃呀閃的黃色警示燈。

「謝謝您呀！」我對那位先生說。

「請您簽收，證明我的工作已完成。」建築公司的先生拿出單據來給我簽。我看單據上是租借標示公司密密麻麻列出的清單。每一個標示都有一個每日單價，於是，單價乘上租用天數就是帳單價格。家庭主婦又開始在腦海換算總數可以拿來當多少天的菜錢？媽媽咪呀！這價格，哇！哇！哇！讓家庭主婦很會斤斤計較的心開始淌血……

雖說家庭主婦很愛斤斤計較，不過今天是開工日，我想去買一些好吃的紐結餅請工人吃。因爲按照傳統習慣，台灣施工之前不是都要拜拜？雖然這邊沒這習慣，但即將與這些工人因整修工程而開始相處一段時間，或許應該要討個好彩頭吧。我跑去「學舌麵包店」買了一大袋早晨剛出爐的紐結餅和各式甜點請工人吃。工人們很驚訝有這種「家庭主婦式思考」的「施工單位」，嘴上說要我不必那麼客氣，但是也很高興地立即吃了起來。這時，有些工人才表示早上趕著上工，還沒吃早飯哩！我心想，那這樣眞好，吃飽開工，或許能將工作做得更好吧？我相信這是世界上不管走到哪兒都不變的道理。當然囉，家庭主婦自己也吃得很高興；剛出爐的「開工紐結餅」，味道確實很不錯。

19 德式廚房大拍賣

德國廚具的美名，讓全世界喜歡精緻家具的人趨之若鶩。德國人喜歡把廚房經過設計後弄得美美的，是很普遍的認知。德國人確實很在乎廚房。有些德國人就算家中其他家具可以妥協，但一個按照自家空間設計的裝置廚房（**einbau Kueche**），是不少德國人講究的生活重點。

老房子的前屋主，即使是住在老房中，還是花了不少錢，設置了一整套的裝置廚房。廚房是完全照著老房子裡的一個空間設計的。

「這套廚房設備花了不少錢。我們才用了不到兩年……因爲是量身訂作的裝置廚房，沒辦法帶走。希望您們可以享用這套還滿貴的裝置廚房。」圓臉屋主對我們說。

其實我知道前屋主對於無法帶走他的裝置廚房有點心疼，但這就是裝置廚房的缺點。前屋主將當初購買整套廚房的原始資料留了下來，有設計圖和所有炊具相關的使用廠牌保證書。

這套裝置廚房確實用了很好的材質和不錯的炊具烤爐。我們很想留下來使用，但廚房的位置卻因結構技師建議改動樑木的設計，以致廚房必須移除。遺憾的是，這套裝置廚房沒辦法裝進新的廚房空間內，所以我們無法繼續使用這套裝置廚房。

「哇！這眞是太可惜了。」我感嘆地說。

「沒錯。」老德先生說。

「你看看，用具都還很新呢！」我檢視所有的炊具和洗碗機。

「現在該怎麼辦呢？工人要我們快決定移走廚房的日期，或許下星期他們就要開始做這一個角落的工程了。」我有點著急地說。

老德先生上網看看拍賣廚房的網站，但是如果要靠網路拍賣，時間上根本沒法配合工程進度。

「還有一套更小的裝置廚房在前屋主的客房中呢！」我突然想起來，「工人今天也問我是不是要移走。」

「你有問工人是否可以幫忙移走嗎？」老德先生說。

「有呀，但是要額外付錢。裝置廚房不可以亂丟棄，要拿去指定的廢棄物放置場。他們說丟廢棄物的價錢不划算。能賣就試著賣。」我說。

可是，裝置廚房哪有那麼好賣？要找到與這套裝置廚房空間相融的家庭，機率實在是太小了。這真是太糟啦！

「問問舊貨行呀！」婆婆聽了我們的憂慮後這麼建議。

「舊貨行？」媳婦不知道哪兒有這樣的舊貨行。

「我知道有家舊貨行專收舊家具；舊的裝置廚房也沒問題。」婆婆提供了超棒的建議。她曾聽說有位朋友將一套裝置廚房賣到那兒去。

這真是太好了！我也來試試把前屋主的裝置廚房給賣掉。

第二天查到舊貨行的連絡資料，就打了電話。

「您好，我有一套，不，兩套裝置廚房要處理。」我說。

「請問您可先將廚房拍照後傳數位相片給我們看嗎？」舊貨行老闆回答。

舊貨行還挺有效率的，要先看我傳過去的照片才決定要不要收裝置廚房。

「您沒空過來看看？」我問。

「請您了解，裝置廚房是很難處理的家具。通常我們是收購回來後，將還可用的電器用品拆出來分開賣。那些按照您家空間裁切的櫃子，完全無法再售出。」舊貨行老闆在電話彼端解釋著。

「沒問題，我了解。我會將照片傳過去給您看看。」我說。

記下舊貨行的電郵址，我到工地去將裝置廚房拍了照，立即給舊貨行傳了過去。

不久之後，我的手機響了。

「我是舊貨行這邊。感謝，照片已收到。您的裝置廚房看來還不錯，我們想明天早上來收。不知您是否方便在工地等我們？」舊貨行老闆俐落地說。

我一聽，既然要收購廚房，就得先問問是否有個行情？

「我們有個統一價格表，最貴的裝置廚房也不過只值幾百歐元吧。」舊貨行老闆說。

「可是，這套裝置廚房很新，而且我這兒有前屋主的帳單，可是值不少錢的廚房哪！」家庭主婦覺開始覺得不可思議。

「很抱歉。您或許不知道移除一個裝置廚房的所需費用。我來跟您說明一下：移除裝置廚房，需要一個電工才能拆除廚房的各種特殊電器線路。我們還要派一輛大車來載整個廚房。另外，這套大廚房至少要用到三個工人才能搬遷。這些支出都是本公司負擔，您不需支付任何費用。照德國平常人工工資價格計算起來，您若是自行雇人來拆走廚房並運到指定的環保廢棄場處理，可能還要支付更多工資出去，而不是得到現金。」舊貨行老闆很耐心地解釋得有條有理。

我覺得那位老闆所言不虛。在我打電話與老德先生商量過後，我回電請舊貨行第二天早上來將裝置廚房移走。

「我以爲貴的裝置廚房永遠都很值錢呢！」我對正在拆除收裝置廚房的舊

貨行老闆說。

「裝置廚房就是這麼弔詭。很美，用起來很方便、舒適，但是就不能給第二個空間使用。而且拆除費用很不划算。不管是什麼名牌或多貴的價格，裝置廚房要移到別的空間就沒了價值。」舊貨行老闆邊說邊指揮工人將廚房抬上大貨櫃車。舊貨行老闆在商言商，以他的角度而言，說的超直接，裝置廚房一離開那個經過設計的空間，不過就是普通的舊家具。

「您看這兒，」舊貨行老闆對我說，「這是我們檢查裝置廚房的幾個重點。」他教我看他們如何鑑別舊裝置廚房的好壞。

「這是洗碗機，」他蹲下去摸洗碗機的門下方的開合處，「通常洗碗機這個位置是最多油膩污垢和水分殘留的部位。水分會讓洗碗機門的開合處生鏽。如果這兒很髒，再貴的洗碗機也沒用了。」舊貨行老闆和我分享他多年來的廚具經驗。

「原來如此！我剛也看到你在摸冰箱底部的夾板。」我說。

「是的，冰箱下方的夾板，也可以當做判斷裝置廚房的冰箱是否還運作正常的依據。因爲冰箱是內建在夾板內，如果冰箱已經冷凝不夠，或冰箱門四周的邊緣膠條不緊不密合的話，都會讓裝置廚房底部的夾板有水漬。這時就可判斷內建冰箱有問題了。」舊貨行老闆講解得很詳細。

「照您這麼說，舊的裝置廚房根本不值什麼錢了。您又是如何從舊的裝置廚房謀利呢？」家庭主婦好奇地問。

「我們的做法就是將廚房拆走，回到我們的工廠將炊爐具拆出。壞的能修就修，清潔後擺在舊貨行出售。這就是我們的運作方式。您的這套裝置廚房還算很新，所以我們願意來收。也有些顧客的裝置廚房已經壞到差不多了，那樣我們也不會有興趣收購。」老闆回答得很實在。

「還有，像這些炊具，」舊貨行老闆還滿健談的，繼續跟家庭主婦剖析裝置廚房，「有些是名牌產品，但是只要稍加了解，就知道同樣的炊具，或許都是同一家工廠製作出品的，只是出售時掛上不同的名牌，做了不同的目錄或打了昂貴的廣告，售價上就差了十萬八千里。」

哇！經他這麼一解釋，難怪在德國，要購買裝置廚房前，大家都去大賣場貨比三家，就怕吃虧。甚至還有銷售裝置廚房的名銷售員，寫了一本專書，教導消費者如何才能買到價格實惠的裝置廚房哩！可見買賣裝置廚房，在德國確實是個有趣的好生意。不過，感謝舊貨行老闆的經驗解說，他的話等於給正在選新的裝置廚房的家庭主婦上了一堂課，讓我不要太輕易就被廚具行那些講得天花亂墜的售貨員給說服，買了根本不需要的炊具。

拆除裝置廚房確實不容易，大熱天裡三位舊貨行的工人全都累到汗流浹背。大概用了三小時才把整座廚房全拆了，搬到卡車上。

「跟您確認一下，」舊貨行老闆說，「我們總共從您這兒拆走了一套大裝置廚房和一套一公尺寬的簡易小廚房。簡易小廚房我們沒法收購，只能幫忙運走；大廚房我們可以付一些費用給您。」舊貨行老闆對我說。

但是，天啊！舊貨行付的收購費用，只夠讓我們繳半張租用道路封閉標示的規費！

不過我第一次跟舊貨行打交道賣出裝置廚房。這是一次很有趣的經驗。

20 樓梯法令

前屋主的廚房都移走之後，我們就和樓梯公司約了時間。

老房子中的樓梯有幾階樓板已經壞了，走起來會有點危險。再者，建築師說要看看裡頭是否有蛀蟲？他與結構技師合作勘察的結果，認爲百年老木梯會支撐不住我們即將加進的整修結構，所以新的樓梯要納入整修的考量。還有結構技師懷疑的那根老樓梯邊的橫樑確實是不夠堅固，必須要拆開重鎖新樑上去。綜合以上幾個事實，請樓梯公司來看看樓梯要如何改善狀況便成了必要之務。

我以爲樓梯是很好打發的事情。雖然建築師說老牆要和新樓梯板密合會有點花工夫，我想應該沒想像中那麼麻煩。

不過，**我・又・錯・了**！

「這個樓梯除了建築師說的麻煩之外，還有寬度的問題。」樓梯公司的銷售代表先生看到房子裡老樓梯的結構時嘆了口長氣。

「您的意見是如何呢？」老德先生問。

「我們所做的樓梯都是符合新式的建築。因爲新式樓梯都是鏤空的設計，可以給室內帶來更多光線。老式建築的樓面構造除了不平衡加上不平均外，還有寬窄尺寸的問題，也就是說，每一階樓板都會有不同的大小。」樓梯先生看來一臉爲難地說。

「那可以只換掉快要壞的部分嗎？保留原來的樓梯架構也滿漂亮的哩！」我說。

「當然可以的。但是我想說明的是，如果只換老樓梯的樓板，您必須先找到類似的木板，再來就是仿做一塊塊樓板。我曾有一位客戶堅持如此整修他的老屋樓板，結果幾塊樓板的手工價格，就夠做整座新式的樓梯。當然，這是您們的選擇，我無從干涉。我只是提供我個人的看法。」樓梯先生邊說邊開始好奇地檢查老樓梯的樓板。

「如同結構技師所說的，樓梯的結構眞的滿老的，新樓梯實屬必要。但是，礙於法令，如果您們決定要做新樓梯，就必須簽署一些合約文件。」樓梯先生認眞地說。

「您是說訂購樓梯的合約？」我問。

「除了買賣契約，還有所有樓梯不合於法令的同意書。比如說樓板寬窄不同，坡度太陡，轉彎處角度不夠，樣式與法令規定不合之類的同意書。這些同意書是說明您知道樓梯的不合於法令之處，而且同意我們如此爲您製作這款與法令安全標準不合的樓梯。」樓梯先生跟我們說明。

唉呀呀！建築師之前跟我們說的事還是眞的哩！連我們自家的樓梯，法令也要管那麼嚴！

「好的。我們決定換置新的樓梯。」老德先生說。他一聽到樓梯在安全方面有疑慮就會被嚇到。德國人眞的超注重安全哩！難怪法令多如牛毛。

「沒問題。我明天就來量製樓梯的尺寸。請問您家有小孩嗎？」樓梯先生問。

「沒有。有小孩不能買樓梯？」我好奇地問。

「不是。我是想給您們選擇樓梯的樣式。如果您家常有小孩出入或居住，樓梯就有法令規定的幾種樣式，這樣才能保護兒童的安全。像這種樓梯，」樓梯先生指著目錄上一款扶手間距較大的樓梯樣式給我們看，「這種扶手就是有小孩的家庭所禁用的樓梯。」樓梯先生向我們解釋。

「那麼我在摩登室內裝潢雜誌上看到的那種嵌入牆內，沒扶手的極簡樓梯，不就根本不能賣？」我驚訝地問樓梯先生。

「是的。那樣的樓梯裝在德國有孩子的家庭是不合乎法令。」樓梯先生回答。

樓梯先生還告訴我們如果房子有地窖，地窖樓梯的扶手也必須有直形管狀的保護措施，讓下到地窖的人不會跌倒。

哇哇哇！真的沒有開玩笑！德國有關樓梯的安全法令可不是普通的繁雜和

嚴格。

因爲老房子的牆面和結構完全沒法規格化，樓梯先生總共在一個月內來工地量了十二次樓梯，其中還會同了結構技師再一起討論一次，才把樓梯的所有尺寸搞定。當然家庭主婦又在一邊看樓梯先生工作看得很高興，比如樓梯先生用來量樓梯高度的大折尺，比一般的木折尺要大五倍！還有紅外線的測量器，一階階樓板的寬度、彎度，都被記載成數位的數字存在樓梯先生的專業電腦中。但樓梯先生還是很擔心做出來的樓梯無法密合老房子的牆面！他認眞的態度，讓我眞的很感動。

就在樓梯要交付工廠製作之前，樓梯先生總共寄來了六份合約，每份合約都附了樓梯的電腦繪圖和精確尺寸；每份合約也都清楚載明樓梯的寬、窄、高、陡等不合於法令的部分。合約的精神就是要用戶明白這些樓梯不合於法令；要是發生問題得自己負責的意思。

「這也太誇張了吧？兩道樓梯卻要簽六份不同的法令合約。」我看了無奈地大笑。

「這麼嚴謹才好呀！難道你想要那種隨便就製作完成的樓梯嗎？那樣很不

安全。」老德先生不了解老婆怎麼會對這些保護安全的法令覺得奇怪。

說的也是，現在我覺得眞的有被保護的感覺。至少老德先生不必擔心老婆去地窖拿洋芋時，會從樓梯邊沒加上保護兒童的護欄中間直接跌進地窖而壓爛布袋中的洋芋了。

21 幸福的葡萄園旅行

接下來幾天的整修工程，是在結構方面。這我們全插不上手，建築師建議我們可以將鑰匙交給工人自行進出工地，我就不必一大早跑到工地去開門。

這樣很好，家庭主婦又可以開始偷懶一下。

突然接到日本好朋友來電，我力邀她來德國玩耍。朋友沒幾天便給我回話，而且決定就在近期來訪。

「眞是太高興啦！又可以見到我們的好朋友！」我興奮地告訴老德先生。

「可是我們的房子還在整修，她不會介意吧？」老德先生擔心地問。他很在意會因整修工作正在進行而被絆住，無法好好地陪伴朋友到處遊玩。

「我也跟她說了同樣的想法。不過，日本朋友很會安排行程。這次，她選擇較溫暖的季節來歐洲，最主要是想陪伴她年長的媽媽一同來旅行。所以，是先到其他的歐洲國家遊玩，再轉到我們這兒停留一下。我想，我們可以邀她們去『酒街』（華娟註：德國萊茵河沿岸盛產葡萄酒的地區）玩耍，品酒加葡萄園散步，應該是很不錯的行程。時間上也是假日的那幾天，整修房子的工人也放假。」家庭主婦如此建議。

商議已訂，等待好朋友的造訪。

曾經在瑞士旅居多年的日本朋友，對旅行十分有規劃。她與母親先到各處玩了不少地方，再轉到我們這兒來拜訪。朋友的母親雖然已快屆九十高齡，身體仍十分硬朗。老太太耳聰目明，步伐穩健，平日還在日本的大學教授書法課程，作品也在國內外各處參展，活躍的行動力讓我們十分敬佩！而且她年紀這麼大了，還願意出來看看世界，我想這才是一個眞正懂得旅行之樂的心靈吧！

「雖然正在整修中，還是想請你們去看看我們未來會居住的地方。」我

說。

「非常樂意呀！」朋友與她母親都客氣地說。

當朋友到達老屋時，很可愛地爬上爬下到處參觀。她的母親竟也爬上了臨時樓梯上了二樓。哇！眞嚇出我一身冷汗！還好沒有發生老人跌倒事件！眞心希望朋友與她的母親能在老房整修好時再來拜訪我們一回……

我們很高興能和好朋友到鄉間葡萄園散步旅行。加上天公作美，暖暖的陽光讓大夥兒的心情都十分愉快。我覺得人生能有朋友陪伴著，在葡萄園中散步後，品嚐著味道鮮美的葡萄酒，就是超幸運加超幸福的快樂人生。這種快樂的感受，絕對要自己親身體會一次才行！我反而要感謝朋友與她的母親，給我們一次與朋友散步在葡萄園中的機會；這眞的是一次幸福的葡萄園旅行。

短暫的週末假期過後，忙碌的整修工作又開始繼續了。

22
古歲月坑道

買菜回家時，接到了阿明建築師的電話。

「您好！我現在正在工地。如果您方便，可以到工地來一趟嗎？有事想請教您的意見。」阿明建築師客氣地說。

哇！這眞令人膽戰心驚。是不是老房子出了什麼問題呀？我的老房維修恐懼症突然爬上心頭。

我丟下菜籃就往工地跑。

「發生了什麼事嗎？」到工地時，我害怕地問阿明建築師。

「沒有很嚴重，」阿明建築師用一貫沉穩的語調說，「工人今天開挖小天井，但是越挖越深；工人們以經驗推測，小天井底下有可能是一個空的洞。但我們還不是很確定。另外，在這時期的古建築，有許多這樣的小天井是連接著河道，所以地層比較鬆軟，我們必須十分小心。」阿明建築師說。

「那是什麼意思呢？」我問。

「如果您決定我們可以繼續往下挖，而不必考慮小天井可能會變成一個更深的洞，我們就繼續工作。但也有可能我們的推測是錯的，更深的地面還是實土。」阿明建築師。

「您的意思是如果是更深的洞，我們就得塡更多的排水石頭進去；而現在挖的這個深度放排水石頭也大概夠了，對吧？」家庭主婦回問。

「正是如此。如果是更深的洞，除了運送挖出來的廢土的費用要增加，購買排放石頭的費用也同時會變高；這就是目前的重點。」阿明建築師向我補充說明。

厚！阿明建築師竟要一個提菜籃的馬上做出嚴重加嚴肅的決定，眞的是太殘酷了！但是，我也是目前唯一能回答這問題的相關人士。這該怎麼辦？繼續往下挖，就有可能造成工作天數、工人工資、傾倒廢土的費用和買小石頭的錢全部增加；如果不往下挖，排放滲水石的深度就會有點不夠，那麼我們每次遇到下大雨、化雪時，就得擔心水是否會淹進屋內。你呢？如果是你，你會做怎樣的決定？接受繼續往下挖的挑戰？還是先停工再議？

「您的意見是？」我反問阿明建築師。

「我可能會以排水問題爲最終的考量。」他誠懇地說。

一聽他這麼說，答案很明顯。誰願意每次下大雨就擔心屋內會淹水呢？

「那就請繼續往下挖吧。下方也有可能不是空洞。」家庭主婦做了最後決定。

阿明建築師請工人繼續用體積超大又吵的電鑽繼續開挖。

「結果呢？」老德先生問我。晚上跟老德先生報告整修進度時，他聽到這件事時差點昏倒。

「結果我就等著看呀，看工人往下挖會變成怎樣……結果……你猜？」我賣關子地說。

「我不要猜！到底挖到什麼？」老德先生快要失去耐心。

「挖呀挖……工人的電鑽突然碰到了一個很堅硬的地面，不是土喔。他們小心地用鏟子慢慢一鏟一鏟地鏟開一看，竟是老修道院的地耶！殘缺的石頭地面有可能就是古時候的小天井的地面。根本就沒有空的洞啦！哈哈！因爲老石頭地面的深度已經夠放滲水石的高度，所以就挖到此爲止了。」我說。

老德先生聽了鬆了一口氣。

「你做的決定很不錯。記功一次。」老德先生心情一輕鬆竟稱讚起老婆。

「我覺得其實我根本沒能力做決定。是阿明建築師的平穩態度引導了我的信心。」我說。

「說得也是。」老德先生很認同。

「如果他大驚小怪，半帶語意不詳，或不肯跟我講解一些專業知識，我可能會因爲內心慌亂而拿不定任何主意。」我眞的如此認爲。

「還好不是一個無底洞，眞幸運。」老德先生就事論事，不像老婆無厘頭講究什麼心靈力量之理論。

「不過，我倒是很驚訝有這樣的老地面出現哩！我今天看到這個地面時，幻想古時候西妥教團的僧侶在小天井洗衣服的景象耶！我倒是還滿希望有一個神秘的坑道出現，我們就可以進去探險，哇！一個連接到古歲月的神秘坑道耶……」老婆開始胡思亂想。

老德先生嘆了口氣，不知道他是因爲慶幸小天井的狀況解決了，還是覺得老婆的思考太超現實而十分感慨……

23

超級嚴格電老大

因爲老婆拒絕與不來電先生打交道，老德先生就開始接手與電工老闆柯師傅做整修房子線路的溝通。

「我明天早上會休假半天跟柯師傅把屋子的電路都規劃好。」老德先生說。

「我不用跟你一起去吧？」我問。當然我會這樣問，一方面是因爲客氣，另一方面是希望老德先生說，「不用，你可以待在家。」

「你當然要一起來呀！因爲房子裡哪裡需要插頭、要佈新的線路，你也要

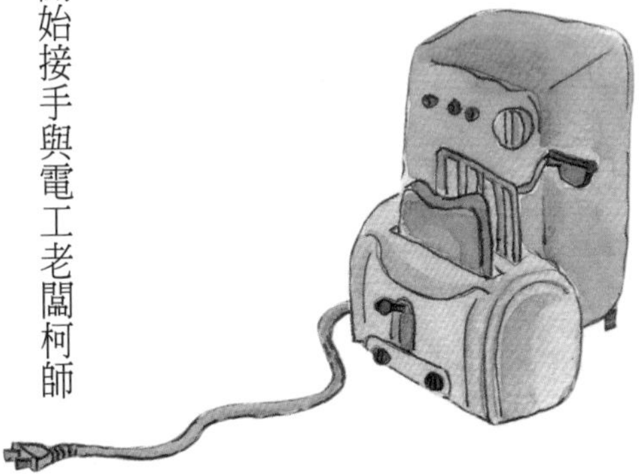

提供意見呀！」老德先生說出了與我預期完全相反的回答。

「我不是有畫一張圖給你嗎？上面畫了所有我需要插頭、電燈的位置，你交給柯先生看就行啦！」我抗議地說。

「不行！我反對。你明天一定要參加討論。或許你明天會有另外的想法也不一定。不然，整修完成時，你可不要抱怨哪裡缺了插頭或電燈線路喔。」老德先生堅持地說。

唉！好吧，老德先生說的對，我該向柯先生表現出我也是住在那屋子裡的人。我也要去表達我的意見。這是我的權益。

分秒不差，柯師傅已經在工地等我們了。他依然表情嚴肅。

進到工地後，柯師傅馬上開口說：「這工地弄得太亂了！毫無秩序！」

老德先生跟我都嚇了一跳，不知柯師傅所指爲何？

「您們看，這裡挖開的地面爲何沒有加蓋？如果我的工人不小心跌進坑洞怎麼辦？」柯師傅指著工人前一天挖開的地窖入口說。

「沒錯，這很危險。」老德先生立即回應。他和柯師傅立即用長木板將地洞蓋上。

「眞是完全沒紀律的建築公司！」柯師傅抱怨。

「我要說明一下，」我忍不住了，「這是昨天傍晚暖氣行的安裝技師匆忙過來看地窖水管狀況後忘了將洞口蓋上，但因爲我發現時卻搬不動大木板，所以沒有蓋洞口。這並不是建築公司的錯。」我覺得有必要說明，不能讓柯師傅怪罪到其他人。

「沒關係，下次注意就好了。」老德先生說。

接著，柯師傅從他工作服的口袋中拿出一支紅粉筆及一支白粉筆，開始詢問老德先生要在哪裡裝置新開關和線路。老德先生邊說，柯師傅就邊在牆上做上專業的記號。

「我建議在這兒要多裝一個感應燈，還有這兒也要裝一個感應燈。您看，還有這兒要多加一個插座。這兒也要加裝一個燈座。」柯先生自行又加了很多我們並不覺得要加的線路。

「或許這兒不需要加一個插座吧？」老德先生小心地詢問柯師傅。

「我覺得這兒一定要加插座才行。難道您們請的建築師沒有這麼設計嗎？」柯師傅回問。

我聽了柯師傅的話，覺得自己一直不自覺地在吞口水。因爲他讓我想起我在念書時最害怕的一位超嚴格的老師。

「這位建築師先生並未參與房子電線的線路佈置，他只是幫忙我們整修房子的結構。」老德先生回答。

「那這樣是不行的。請您與您的建築師連絡，有些專業的問題我非得與他溝通不可。」柯師傅用很強硬的語調說。

「好的。我會約個時間，讓您與建築師見面。」老德先生客氣地說。

「這樣比較好。爲了安全起見，我是一定要知道建築師會如何設計你們的空間。比如說，您們說這裡會加道擋風門，那將是左開門還是右開門呢？如果您現在跟我說要將進門的電源開關設置在右邊，但門若是左開，那怎麼辦？」柯師傅問老德先生。

「您的考慮十分有理。」老德先生超有耐心地說，「您的問題我會請教建築師。」

「希望我下回來時，工地要加強安全的秩序；工地也不能那麼凌亂。所

有的坑洞都要加蓋。缺乏秩序的工地狀況會影響到我及我的工人在工作時的安全。」柯師傅又交代了一回。

「我快要昏倒了！」回到家時，我對老德先生說。

「他的抱怨是有德國法律根據的，」老德先生就事論事地說，「工地安全措施在德國法律上規定的十分嚴格。這一點柯師傅完全沒有誇張。我贊同他的說法。」

「你不覺得他很嚴肅嗎？」老婆繼續將話題延伸到無理性的方向。

「電工是很重要的工作，不嚴肅也不行。你想想那麼多電線要很妥善安全的佈線，不小心點的話，危害的可是我們自己呀。」老德先生說。

我轉轉眼珠，知道老德先生是超理性的人類。

老德先生說完就打電話跟建築師討論起門要左開右開的事情。看來柯師傅的觀點真的滿專業。

不過，我開始擔心柯師傅會每天來檢查我們的工地秩序。這可讓每天要去工地的本人神經緊繃。

24
地磚先生

老房子有一處的地板一走上去就發出怪響。建築師建議我們將老地板換置成新的地磚來代替。

阿明建築師在建議時，也給我們上了一堂磁磚材料課。從地磚的材質、大小到流行趨勢全都一一說明。他把決定權留給我們。家庭主婦當然是斤斤計較一族，判斷的標準很清楚：又要地磚流行、品質好，更要價錢超出合理範圍的公道。哈哈！拿買菜送蔥的標準來買地磚，真是太厲害啦！

「我可以向您們建議一些店家，應可找到合乎您們這樣標準的地磚。」阿

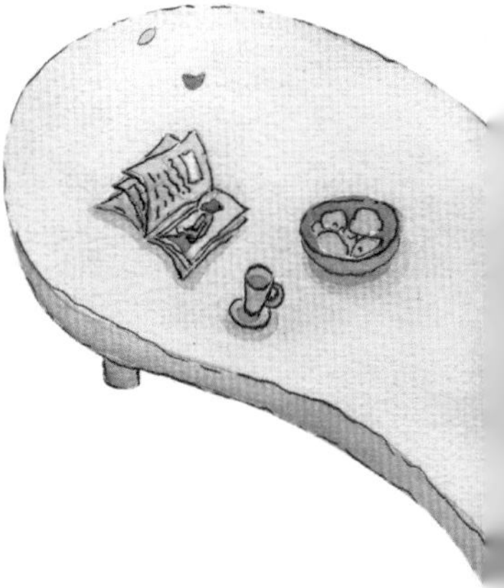

明建築師聽完家庭主婦不合理的計價理念後這麼說。

「有一些歐洲磁磚廠承接美國的訂單製造家用地磚，但是成品必須符合美國的進口標準。如果標準不夠，就會遭到美國退貨。可是這些遭退回的磁磚卻完全符合歐盟的標準。在這種認知不同的情況下，有些品質很高的地磚就會以最低折扣出售。」阿明建築師說。

「快告訴我們這種地磚在哪裡？」家庭主婦高興地說。

老德先生和我便啓程到建築師建議的幾個磁磚大盤商那兒去看看這些地磚。果眞如同建築師說的，有不少好品質的地板磁磚讓我們撿便宜。

好了，我們超高興可以找到物美價廉的地磚。但鋪地磚的人可沒那麼容易就找到。因爲老房子有不少牆邊不是很直，鋪起地磚費工又費時，多數鋪地磚工人不是很願意爲老房子鋪地磚。幸好我們經過介紹，有個鋪地磚工人很熱心地想完成這項工作。我們暫且稱他爲磁磚先生。

「我預定下星期開始鋪設地磚，可以嗎？」磁磚先生說。他來大致了解施工現場又粗估了價格。

「沒問題，」老德先生說，「您可以星期一開工嗎？您預估多久可以完成鋪設的工作？」

「要鋪地磚的面積不大，大約三天就可以完工。當然，鋪完後請等上一、兩天待膠乾透才可讓工人開始工作喔。」磁磚先生很豪邁地說。

啊，這眞是太順利啦！如果磁磚鋪設完成，整修工作就可以快速進行了。因爲整修工作一直慢慢地進行中，竟從初夏來到了初秋。天氣漸漸涼了，日照時間也變短了，建築公司說很多工地都是趕工問題嚴重。

連絡建築公司並告知他們下星期要鋪地磚，可以先停工一週，等地磚鋪完就可以接續其他的整修工作。

「確定下星期就可完成地磚鋪設嗎？如果有狀況，我們在調派工人方面會出問題。」建築公司提醒我們。

「沒問題，都已經連絡好了。」我說。

「那麼我們就先把時間敲定了。」建築公司確定了時間。

「地磚鋪好後，我們就可以請柯先生來佈電線，就可以請瓦斯行來裝暖氣，就可以……」我打著如意算盤。

「你可要盯緊磁磚先生的工作時間，他們跟安裝技師一樣，有很多不同工地的工程。稍有耽擱就會拖到我們的時間。」老德先生提醒我。

沒問題啦！我有磁磚先生的手機號碼、家裡的電話，還有介紹他來幫我們鋪磁磚的朋友的連絡方式，不怕磁磚先生會不見。

25
磁磚心腸

「鋪地磚的工人會準時完工嗎？」我的朋友安娜說。她家最近才整修完浴室，似乎與鋪地磚的工人鬧得超不愉快。我打電話問有經驗的她鋪地磚時工地要注意什麼事。

「注意那些工人會突然失蹤呀！尤其是包工的工人最糟了。」安娜氣急敗壞地說。

「失蹤？他們跑去哪裡？」我問。

「有些鋪地磚的包工都是一次包很多工地，他會很好意地跟你說個做到好的價格，然後就給你拖時間，先跑去別的工地做。新建築的大工地他們會選擇先去，因爲房間直，面積寬，鋪地磚容易，也賺得多。私人的，像我們這種做整修而已的，他們都拖到最後才來做。我家浴室的地磚就是這樣，快被鋪地磚工人氣昏。有的裝病，有的推說有事，到最後是我火大了跟那個公司說，如果他們再拖，我連他之前鋪好的部分也不付錢。這樣他們才勉強把我家浴室快速鋪完。」安娜激動地說。

「你別嚇我，我家下星期就要雇人鋪地磚。他說三天可鋪好，應該不會晃點的啦！」我依然對娃娃臉磁磚先生很有信心。

「哈哈！你最好盯緊一點兒，我猜他一定會拖過一個星期鋪不完。德國有些工人的效率不是你想像的那樣優喔！嘿嘿嘿……」安娜警告我。

星期一早上，磁磚先生並未遲到。我鬆了口氣。我想我們不會像安娜那麼慘。

「請您給我工地的備用鑰匙。」磁磚先生說。

「爲什麼？」我問。

「我只用三天就行了。因爲我想這三天早點來上工，您就不必一大早趕來給我開門了。」金髮碧眼蓄著小馬尾辮的磁磚先生說。他有張很可愛的娃娃臉，他說他是這兒方圓百里最資深的鋪地磚工。

我想他說的有道理，反正工地這星期也只有他上工，給他工地鑰匙無妨。

沒想到，這就是錯誤的開始。

第二天，磁磚先生就沒有出現。因爲我跑到工地想看看他的進度，卻看到地磚根本沒繼續鋪，完全跟第一天的進度相同！這可讓我火冒三丈！

我撥了磁磚先生的手機，竟無人接聽；撥到他家，是他女友接的電話，說磁磚先生很早就出去上工了，不清楚他現在在哪個工地。

「請他回電話給我；我們的工作時間很趕。謝謝！」我冷冷地說。

沒三分鐘，磁磚先生回了電話。

「您好，我今早生病了呢！我女友並不知道我是去診所看病了。」磁磚先生在電話那頭故作輕鬆狀說。

「眞遺憾聽到您生病的消息。既然我要連絡您才會知道您生病無法來工作，那麼想請問，您要病到什麼時候呢？」我毫不客氣地說。這時心裡浮現出安娜的警告。

「明天早上我一定會去工作呀，我只是今天腸胃有點不舒服。明天我一定可以鋪完三分之二。我有工地的鑰匙，甚至加班都沒問題。」磁磚先生對我的冒犯不以爲忤，還誠意十足的對答如流。

既然他表達得那麼清楚明確，我也就信以爲眞。

「或許他眞的病了。」老德先生說。老德先生有比磁磚還細緻的心腸，他總是先往好處想。

「喂喂喂！他說三天會鋪好，明天就是第三天，他才能鋪好三分之二。如果再多給他兩天鋪地磚，那麼就表示他星期五前一定要將地磚鋪完。如果星期五他鋪不完，就沒有週末的時間等地磚的膠乾透，那也就是說下星期建築公司沒辦法開工，你懂我的意思吧？」老婆可沒有老德先生的耐心。

「你說的沒錯。那如果他星期五之前鋪完不就沒事了嗎？你會不會擔心的太早？」老德先生回問。

老德先生說的沒錯，我的想法只是推論。

「但是，如果他明天沒來鋪三分之二呢？」我問老德先生。

「那麼再說囉。」老德先生四兩撥千斤地回答。

我想，老德先生的理性態度確實可以平衡我這種直來直往的性格。

第三天下午，我抱著相信磁磚先生的信心來到了工地。

什麼?!工作進度跟第一天一模一樣！厚！磁磚先生，你**眞．的．讓．我．生．氣．了**！

「喂！今天鋪磁磚的進度跟第一天一樣！」我氣急敗壞地打電話給在辦公室的老德先生。

「好的，今晚我要找磁磚先生聊一聊。」老德先生還是很紳士地回答。

唉！這時我才驚覺，錯就錯在我把鑰匙交給了磁磚先生。他有恃無恐，可以在最後一秒鐘再來鋪地磚，完全看他的工作意願。可是，他可以浪費他自己的時間，我們的時間卻不容許被他消耗！

老德先生回到家後，表示已和磁磚先生溝通過，但磁磚先生堅持說今天有去工地鋪磁磚。老德先生現在不知該相信誰？

「他或許有到工地鋪磁磚，但決不會是下午三點之前。」我說。我同時拿出照相機證明今天下午三點零四分所拍攝的工地照片，跟三天前的照片比對，是一模一樣的進度。

「那我們去看看他下午三點之後鋪了多少地磚。」老德先生建議。

到了工地，天色已暗，我們用手電筒照該鋪磁磚的區域，確實有多鋪了一些面積，但不是他所說的三分之二。

「因爲他有鑰匙。你跟他抱怨之後，他趕緊過來鋪了一些。我們不能再讓他繼續這樣拖時間了。」我生氣地說。

「他有鋪，表示他有工作的意願。我們不能那麼快就與他終止工作關係。」老德先生說。

「好。但是要有一個期限，明天是星期五，如果他沒有鋪完三分之二，下星期一沒有鋪完全部，就請他不要再來了。」家庭主婦眞的快受不了磁磚先生的工作態度。

老德先生也同意這最後期限，我們給磁磚先生去了電話，他在電話彼端承諾說完全沒問題，下星期一就會將地磚完全鋪好並交還鑰匙。

很可惜，磁磚先生又故態復萌，我行我素，到了隔週的星期三依然沒有將地磚鋪完。我們不停撥打他的手機，他卻不回電。我只好撥電話去他家，跟他的女友表示，請轉告磁磚先生交還工地鑰匙，我們的合作關係結束。

「可以再等他兩天嗎？他說他一定會在這星期結束前將地磚鋪完。」磁磚先生的女友對我說。

「可是我們還有更多工作要進行，他答應的事做不到，我們只能另外想辦法。」我抱歉地說。

就在下了最後通諜的幾分鐘後，磁磚先生給我們打了電話。

「真的不給我機會嗎？那我之前的工作會寄帳單過來給你們。」磁磚先生大言不慚地說。

哇！我現在才了解安娜的心情。但是安娜還比我們聰明，先說不鋪完的話，連鋪好的也不付，我們卻反被磁磚先生將了一軍！

我們請阿明建築師幫忙看了磁磚先生先前的工作，發現磁磚先生只把好鋪的部分，也就是中間不用切角的整塊磁磚，先省工鋪好，其他牆邊牆角費工的部分全都沒有進度。建築師計算已鋪設的平方尺寸，再核算建築師認爲在這種合作中斷的情況下的合理工資給磁磚先生，並請他歸還工地的鑰匙。

建築公司立即幫忙找了另一位鋪磁磚的工人來應急，終於在兩天之內把磁磚先生兩星期都沒辦法搞定的工作完成。

26
意外的訪客

除了每天要去工地之外，我們還得準備搬家。老公寓家中的東西不知爲何越收越多，購置了不少搬家用的紙箱怎麼一下子就不夠用啦？這才發現平常太愛亂買，結果就是被這些毫無用處的東西把生活空間給佔據、淹沒。正在好好反省自己愛亂買的個性時，電話響了。

「嗨嗨！記得我嗎？我是佳比！」電話那頭傳來了一位失聯很久的女性朋友的聲音。

「哇！佳比喲！好久不見啦！好高興聽見你的聲音呀！」我快樂地叫了起

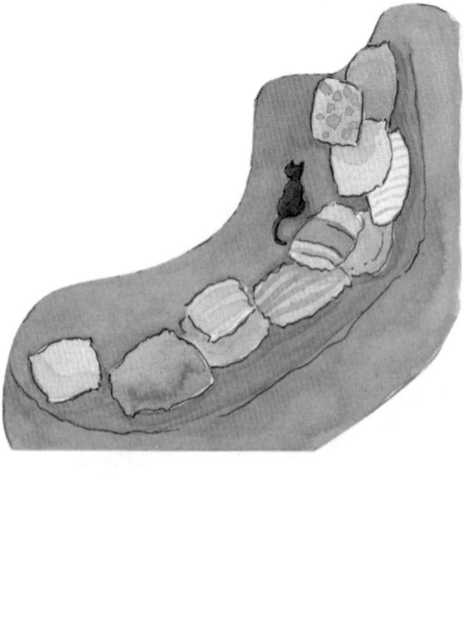

來。

「你在忙什麼呀？還住在原來的地方嗎？」她問。

「是呀，不過你要是再晚個幾個月可能就找不到我們囉！」我說。

「要搬到別的地方嗎？」她詫異地問。

我於是把與老房子相遇的經過說了一遍。

「那好，今天你在嗎？我剛好要到你住的城市來。」佳比說。

「歡迎呀！什麼時候到呢？我在家等你。」我很希望快快見到這位好朋友。

「不瞞你說，其實是我媽要到你們住的城市去看朋友。她四十年前就在那附近的一所醫院上班。昨晚突然說想去看看以前的同事。」佳比笑著說。

「你媽媽？我有見過她嗎？」我努力回想是否有見過佳比的媽媽。

「可能有吧？那是你第一回到德國來的時候；喔，都二十多年前的事囉！我媽媽今年都九十一歲了呢！」佳比說。

哇！九十一歲囉？還有興致出門訪友，身體應該超健康的。我滿驚訝的是，因爲佳比從沒有突然這樣來拜訪過我，也不大有機會帶她的母親出來訪友，真是很特別。今天聽到佳比的聲音好高興，能看到老朋友心情更是特別好！

我和佳比約在咖啡廳見面，一方面是家中已經是搬家紙箱的世界，連坐的地方都沒有，老房子那邊也還是整修中的工地，最好的地點就是咖啡館。

喝完快樂的下午茶，佳比的媽媽說她有興趣去看看整修中的老房子。

「可是還是危險的工地呢！」我不好意思地說。

「是在哪裡呢？我可是曾在這城市工作過的人。我應該有見過這棟老房子。」佳比媽雖然年紀大了，卻一點都不像老人行動遲緩，說話依然條理分明。

「沒問題呀，如果您想散散步，我們就去看看現在還是坑坑疤疤的老房子。」我說。

我們三個人慢慢一起散步到正在維修的老房子去。

「就是這兒嗎？這是一棟長得很可愛的老房子呢！」佳比媽笑著說。

佳比媽堅持進到老房子裡走了一圈才出來。但我很擔心老屋裡現在很冷，沒有暖氣，更沒有擋風的窗戶，萬一佳比媽感冒就慘了。

「媽媽看起來有點累啦！快回家休息吧。」佳比對佳比媽說。

「是呀，今天一早就出門了。身體老了，有極限。」佳比媽笑著說。

「說好囉！等到我們搬進來時，再來玩耍！」我邀請佳比和她的媽媽。

「當然呀！現在就是你們最辛苦的時候，撐過這段時間就好了！」佳比媽還給我打氣咧，眞是可愛的老人。

我用力地跟佳比和她媽媽揮手，在夕陽下目送她們離去。

這時，我突然想起荷花小姐說的關於她朋友住老房子的故事：前屋主會回來看看新屋主。三位老姊妹一定會藉由不同的老人，回來看看住這所老房子的人……如果是眞的，那麼，佳比的媽媽不就是接續在日本朋友高齡的母親之後，第二位來看老房子的老太太嗎？這兩位平常不出遠門的高齡老太太，爲什麼會分別在開工和工程進行到一半時，突然有來看老房子的興趣呢？還好，我的朋友圈中再沒有八、九十歲高齡的老太太了；也就是說，不會有第三位姊妹出現。

如果完工時，沒有第三位高齡老太太到訪，我就可以跟荷花小姐說這傳說並不靈光。

她那位朋友的故事只·是·巧·合。

27
落地窗大追蹤

面向小天井的窗戶因爲過小，建築師認爲可以改成一扇大落地窗來給小天井四周的空間引進更多光線，所以設計了一扇大落地窗，讓屋內從每個角度都能看見小天井。但是，你先不要幻想那種美美的景象，就像樣品屋那樣的室內設計景觀廣告照片，此時小天井要裝落地窗的位置，只打出了一個很醜的水泥框大空洞，訂做的窗戶還沒送來。

因爲要裝新的窗戶，阿明建築師又告訴我們不少關於德國密閉窗戶的知識。比如說，每扇德國窗戶在出廠時，都會在窗戶玻璃之間打上窗戶的「生日」。這讓使用者可以知道窗戶的年紀。如果窗戶年紀太大，就要考慮換成更新式的窗戶。這眞的很好玩！我就跑去看家裡的窗戶，眞的看到每扇窗戶被製造出來的日期哩！還有最新型的德國防寒窗戶，據說這種昂貴的密閉窗，可以藉由新式的製造技術，隔絕屋外的寒冷，如果用了這種窗戶，連冬天都不必開暖氣哩！理所當然，這種窗戶在德國受到不少環保人士的喜愛，因爲少用點暖氣能源，就可以保護地球呀。不過，這種窗戶造價實在太昂貴，希望在不久的將來，德國可以爲了響應環保而降價推廣這種超級棒的防寒窗。

「感覺小天井眞荒涼。」老德先生說。

「是呀，沒裝窗戶的洞好會灌風喔，現在已經進入秋末，到底那家窗戶公司何時會把窗戶送來呀？會不會外頭下起大雪時，我們還沒有窗戶呀？」我問老德先生，順便打了個大冷顫。

「今天窗戶公司有傳一封電子郵件過來，通知上說星期五會將我們所訂的好幾扇窗戶都送過來裝好。」老德先生說。

「眞的嗎？那我們很快就可以有大的落地窗？哇！好高興！」老婆露出了笑容。

「再不送來也不行啦，都快入冬了，沒有窗戶連工人也會凍斃。」老德先生誇張地說。

「我會先凍昏吧？每天去工地，沒有窗戶，沒有暖氣，室外溫度六度，室內大概只有四度。厚！真的待上半小時就快凍僵。」怕冷的老婆真的很怕繼續過這種監工生活。

「窗戶公司說明天早上大約十一點就會過來。」老德先生唸窗戶公司的電子郵件內容給我聽。

「了解了。」老婆快樂地回答。

可是第二天早上，我拿著手機在工地等了又等，一直到了午後十二點半，所有建築公司的工人都下工去午休了，窗戶也沒出現。

「沒有送窗戶來呀。」我打電話問老德先生。

「到現在都還沒送來？」老德先生在電話彼端詫異地說。

「要不要打電話去問呢？」我問。

「嗯，你撥這個客服部的電話，他們或許知道貨車正送貨到何處。」老德先生給了我窗戶公司的物流客服部的電話，我隨即撥了電話過去。

「請問一下，我們在等早上十點多要送來的窗戶，但現在已經快一點了，卻不見有您們的貨車前來。」我說。

「請問您的顧客合約編號？」客服小姐說。

我報上編號。

我聽見客服小姐敲電腦鍵盤的聲音。

「非常對不起，剛剛貨車司機回報中心說他們找不到您所訂的窗戶。所以也無法送窗戶過去。」客服小姐說。

「找不到？」我頭上冒出大問號。

「因爲您訂的窗戶於今早上貨時被裝錯卡車，所以現在已經運送到另一個大工地去了。」客服小姐據實以告。

「那現在怎麼辦？」我問。

「我們已經通報另一輛卡車，今天會將您的窗戶載回中心來，明天才能再運送過去給您。實在非常抱歉。」客服小姐細心回答。

「您知道明天會是幾點送過來嗎？」我想知道何時來工地等窗戶。

「一樣是明天早上十點半。一定會送過來給您。」客服小姐回答。

唉！興沖沖地來看大落地窗，竟然沒・有・看・到！

「哈哈！我們可憐的小窗戶一定是被夾雜在很多大窗戶中，送去了不知名的大工地。眞可憐的小窗戶呀！」老德先生開玩笑說。

「爲什麼我們的窗戶是小窗戶？弄丟的是很大的落地窗耶！」老婆不懂。

「這家公司都是在做大樓的玻璃窗，那種密合的大窗戶又重又巨大，一卡車一載就是上百片，我們的小窗戶太不起眼了，跟著許多大窗戶一起去旅行了。」老德先生竟有了這種童話式的幻想。

「我不管其他建築的大窗戶還是小窗戶，明天我要看到小天井的落地窗。」我抗議說道。

「當然呀，明天早上十點半要是沒送過來，你就每兩個鐘頭打電話盯一次客服部。」老德先生說。

「哈哈！打電話盯人，這可是我最拿手的絕活哩！」老婆快樂地拍拍手說。

第二天一早，十點半，窗戶公司的大貨車準時出現。

「這是您訂的窗戶。」工人將窗戶抬進來並裝好。

「等一下，您們只有裝普通的窗戶，我們還訂了一扇大落地窗，怎麼沒看見？」我問。

工人怯生生地回道：「是的，還有一扇大落地窗，但公司昨天沒有找到。我想細節的部分，您必須跟公司的客服部連絡才知道。」工人說完就趕緊離開，到別的工地送貨去了。

什麼?!大落地窗不見啦？怎麼會這樣？

我撥電話給客服部。

「很抱歉。大落地窗是裝進另外的貨車送到更遠的工地去了。我們今早才發現這個錯誤。明天一定會爲您送到。」今天客服部是一位先生負責接電話。

「如果明天又是一樣的狀況呢？」我問。

客服先生此時竟說出了一句氣蓋山河的話：「如果明天沒送來落地窗，落地窗就免錢。」

咦？這回答很阿沙力喔！讓家庭主婦聽了想要罵人也罵不出來。

「那就是他有信心明天一定會送來落地窗的意思。」老德先生聽了我轉述客服先生的話後這麼說。

「那我還眞希望明天他們找不到落地窗哩！」家庭主婦竟說出這種想佔便宜的話。

「我想你可能沒機會得到免費的落地窗。」老德先生笑著說。

老德先生說的沒錯，隔天早上，落地窗準時十點半送達並裝好。客服先生的話眞的可以拿來掛保證。

落地窗裝上後，我就要繼續跟嚴肅的電工——柯師傅正式交手了。

28
燈座角力

「您不覺得太早了嗎？」柯師傅走進我們已經整修了大部分的工地說。

今天老德先生辦公室太忙，要我代替他去看看柯師傅佈置電線的工作進度。柯師傅一見到我就先來個下馬威。

「早？您指的是？」我不懂他的意思。

「您先生說工地已經可以開始佈電線了，可是我覺得還是太早。很多牆面都還沒有完全整修完畢。這建築公司的效率很有問題。」柯師傅與他的同事正在安置電線。

「還有，」柯師傅又接著說，「我上回來裝的開關不是有用臨時的面板蓋起來嗎？爲什麼工人要把所的面板保護蓋移除，把補牆的材料灌到開關裡？我現在得重新裝乾淨的開關進去。」柯師傅又抱怨地說。

厚！這位電工大哥，你是來上班還是來罵人的呀？我心裡這麼想，可是還是保持和顏悅色。

「您說的事我都不太清楚。因爲是我公公和先生與您連絡的。今天我只是想請您將全屋的電源接通，因爲冬季開始，白天越來越短，其他工人需要使用電燈才能工作。這是建築公司提出的要求。」我轉述建築公司的要求給柯師傅。

「太早了！現在就通電怎麼成？工程還在進行。萬一有工人受傷了怎麼辦？一切要以安全爲優先考量。」柯師傅一口回絕了。

「那請問您，建築工人請求要用電燈，他們要開始做房子內部的收尾工程，萬一沒電燈，視線不良，跌倒摔傷了，這算不算是安全考量呢？」我嚴肅地回問。

「沒人通知我要做內部的工程；如果我事先知道，我會帶燈座來接電燈泡。」柯師傅的回答很強硬。

唉喲！這位電工師傅眞的有點難溝通。我現在不是就在通知他明天要帶燈座來接燈泡嗎？怎麼好像變成我怪罪他現在沒立刻做這件事一樣呢？

「那請您明天帶燈座來接電燈給工人使用。謝謝！」我說。

柯師傅沒答應我的請求，卻突然轉了話題。

「您公公說廚房的炊具電器線路的工作也要我來執行，請問您已經有廚具公司畫給您的設計圖了嗎？一定要畫得毫釐不差我才能接各種炊具的電路。廚房的電路可是要特別注意安全。」柯師傅開口閉口都把安全兩個字掛在嘴邊。

我從菜籃裡拿出廚具公司剛傳來的設計完稿和電路線平面設計圖，交給柯師傅一份。

柯師傅一拿到廚房的設計圖，馬上到廚房的位置看看他要做哪些線路的佈置。

「我會請同事明天就來將廚房的電路做好。」柯師傅說。

「謝謝您。燈座和燈泡也請您明天要準備給工人用。」我說。我想柯師傅眞是太認眞工作啦，認眞到毫無贅言的地步。

「關於接電和燈座的事，我還要再跟您的公公確認。」柯師傅還是重申他自己的立場；他只在乎從他角度出發的工作進度。就當我還在思考要如何與柯師傅溝通電燈的事時，幸好公公打電話來，我把手機交給柯師傅，經由公公的掛保證，柯師傅才同意明天來裝燈座和裝燈泡給其他工人用。

唉，柯師傅與我只爲了一個簡單的裝燈座議題，也要各持立場，角力半天！家庭主婦承認敗給柯師傅的嚴肅精神啦！

晚上到公婆家吃飯時，媳婦跟公公請教：爲什麼柯師傅可以嚴肅到這種地步？

「你要知道一點，柯師傅是資深的電工，他已經從事電工工作快三十年，他的建議我們應該要多採納。」公公說。

「三十年也好，五十年也罷，總不能因爲他在電的方面有豐富經驗，就不願配合或幫助別的工人。他從開工第一天就藉著『安全』之名對其他工人批評東，抱怨西，難道他三十年來都是用這種態度工作嗎？」媳婦膽敢挑戰起公公的說法。

「其實這一次我也感到柯師傅變得比以前更嚴肅了，」公公說，「或許他一直在同一個環境裡做事，心態沒有跟著時代的潮流做調整吧？我們身邊也常出現不少食古不化的人，不是嗎？」公公趁機給媳婦上人際關係輔導課。

「但是柯師傅的認眞並非一無是處，」老德先生反駁我，「他建議大門入口處使用紅外線自動感應燈，減少夜歸時在黑暗中找燈源開關的麻煩，就是很棒的想法。還有，他看到小天井時，立即規劃了室外照明的線路，讓我們不用擔心小天井入夜後的視線。這些都要感謝柯師傅。」老德先生說出了持平的看法。

「你說的沒錯。其實他還替我們裝了可以轉換LED投射燈的裝置，順應未來的照明設備；或許我該多注意柯師傅專業的一面。」老婆贊成老德先生的看法。

其實，我很喜歡家人間如此的對話，因爲不是要辯駁誰對誰錯；理性的談話更可以幫助每個人從不同的角度看待人事物，減少非理性判斷的機會。

眞感謝公公和老德先生對我的耐心。

29
你錯、我錯、推拖拉

人一起工作，總是會有紛爭。這在世界上哪個角落都一樣。

好吧，我現在可嘗到工人們你怪我、我怪你的滋味了。到了最後，到底是誰的錯？誰該負責？眞的是各說各話。

一件怪來怪去的案件，便是柯師傅與裝置技工間的爭執。

事情是這樣的：當新廚房的電路線都佈置好時，我們通知廚具公司再檢視一遍水、電和瓦斯的管線是否都在正確的位置無誤。因爲裝置廚房是照空間設計的，如果管線位置不對，廚房的炊具便無法安裝。另外，新廚房要用的是瓦斯爐具，礙於德國法令，瓦斯爐的瓦斯管必須要由持有證照的合格瓦斯裝置技工來焊接才行，所以廚具公司請我們一定要把瓦斯裝置技師的時間喬好，他們才能與裝置技師合作，同時將裝置廚房裝設完成。

裝廚房的前一天，廚具公司派來做事前線路檢查的先生，我覺得他長得很像電影《魔戒》中的神劍手。加上他揹著一個長型的紅外線測量器，更讓我覺得他就是Legolas！

「喔，對不起，您看這兒裝錯位置了。」廚具先生說。

「咦？怎麼可能呢？」我驚訝地說。

「這是洗碗槽和洗碗機的接合水管與電器插座，應該都是在右邊，但現在都是在左邊，與裝置廚房的位置相反了。」廚具先生指著設計圖對我說。

我看了設計圖，眞的是裝錯了耶！我再看看我昨天給柯師傅和水管裝置技工的廚房設計圖副本，跟廚具先生手上拿的正本是相同的設計圖。

「那現在該怎麼辦？」我擔心地問。廚具公司本來預定隔天就來將廚房裝好。

「沒關係。您先連絡這兩位技工改管線，我們可以再約時間過來安裝廚房。不過，因為已經進入十二月了，我們的工作很多，很多顧客都在等，所以您這邊改好後，可能要再等兩星期才能再輪到來幫您們裝。」廚具先生說。

哇！怎麼會這樣啦！厚！出這種狀況！眞是急死人了！萬一兩位技工都忙，沒時間來改管線，我們不就沒廚房可以度過耶誕節了嗎？這讓我額頭開始冒汗……

「爸爸嗎？請快通知柯師傅來改裝錯的管線。」我急著撥電話給公公。公公表示馬上連絡柯師傅。我又立即連絡了水管裝置技工，他立即就從別的工地趕過來。

「我昨天不該照著電工的佈線位置將水管佈在同一邊，眞是抱歉！」裝置技工懊惱地對我說，「因為昨天工作趕，所以看到已經裝好的插頭在這一邊，就認定跟著做沒錯，連設計圖也沒看。」

「沒關係，您已經立即趕過來補救，這樣就沒問題了。謝謝您。」我回答裝置技工先生。他至少在發生錯誤時即時承認，更努力補救。我覺得裝置技工的工作態度很友善。

在此同時，可能因爲公公與柯師傅連絡，說有緊急狀況的關係，柯先生也在不久後趕到工地來。誰知道柯師傅一進門就叫著：「如果不是裝置技工昨天告訴我……」柯師傅走到廚房定睛一看，才發現裝置技工也在，警覺地住了口，免得被說自己找代罪羔羊找得太早。

「您認爲是我的錯嗎？要把您昨天的工作日誌拿出來比對時間嗎？是您先裝錯電器插頭，才讓我跟著也裝錯的吧？」裝置技工沒好氣地對著柯師傅說。

「您搞錯了！是您看過設計圖後，才告訴我說，『沒錯，是裝在左邊。』我才動手裝錯的喔！」柯師傅不甘示弱地回答。

「兩位，我對於誰先錯、誰後錯毫無興趣。請您們將線路改過來就行了。謝謝！」我連忙打斷兩位技工的爭論。

這時，公公也也趕到工地來了。公公大概是擔心媳婦會跟柯師傅吵架吧？哈哈！還好，柯師傅今天的對手是裝置技工先生，我暫時在場邊休息中。

不過，還是要感謝兩位技工先生，他們很負責地把管線改好，讓廚具公司可以在第二天將裝置廚房裝好。眞是令人高興！

看看窗外天氣，下雪的冬季就要開始。

30 無家可歸？

在處理老房子維修的同時，我們還要面對老公寓的搬家事宜。

「我看你就慢慢來！新屋主沒那麼快要住進來吧？」婆婆說。

「沒聽說。她只說越快越好，明天問問她想何時入住。」我一邊整理東西裝箱一邊跟來幫忙的婆婆說。

「比起我認識的一位太太，你們算是幸運，能即時找到要入住的人。」婆婆說。

「是呀！希望新屋主不要那麼趕著入住。我們都還沒準備好要搬家呢。」

媳婦邊說邊用封箱膠帶把搬家紙箱封好。

「你們打算什麼時候搬呢？」婆婆問。

「新年過後吧？房子裡還沒有樓梯，就算要搬也沒辦法。」媳婦這麼盤算。

「我都忘了舊樓梯已經拆走了。新樓梯耶誕節前會送來嗎？天越來越冷，再過十四天就是耶誕節了。」婆婆擔心地問。

「是呀！昨天我們在想若是樓梯再不送來，連暖氣都沒辦法裝哩！裝置工人根本沒辦法上樓去裝暖氣。」我說。

「那就不急，慢慢打包。」婆婆對打包動作有點慢的媳婦說。

晚上老德先生竟然跟我說了件讓我立即大叫的事。

「新屋主今天和我連絡，她說希望耶誕節前就搬進來。」老德先生說。

「什麼?!」我叫了起來，「那怎麼可能！」我看看恐怖又凌亂、還沒打包完畢的家當。

「我也說是否可以等到新年之後，但她的租屋合約已到，她一定要遷出，她也不想繞個彎搬回父母家再搬過來，對她來說很麻煩。」老德先生一臉憂心地說。

「可是，我們也不能搬進新房子呀！沒暖氣也沒樓梯耶！家當搬過去，東西要堆在哪？」我哭笑不得起來。

但因爲那位新屋主小姐的情況滿特殊，老德先生和我也就決定速戰速決；以最快速的方式打包行李，**開．始．搬．家**！

接下來的幾天，我們各司其職：我負責用力的打包，老德先生負責催樓梯公司送樓梯過來安裝和大部分的工地監工。可是，我覺得打包比監工還要累一千倍！常常挑燈夜戰也收拾不完！

幾天之後，我因爲過度急速打包了太多東西，開始一閉眼睡覺就夢到一堆紙箱和散落一地的雜物。這眞是太恐怖了吧！

「會不會送來的樓梯不合牆面，要退回去重做呀？」我擔心地問。眞怕樓梯公司沒辦法準時送來樓梯。

「說實在的，我也有點擔心。樓梯先生來量了這麼多次樓梯的尺寸。我記得他有對我說過他不是很確定樓梯是否可以密合老牆面的結構……」老德先生說。

「哇！從這邊搬出去，但新房子那邊沒樓梯還不能住，我們會不會無家可歸呀？」我誇張地抱住自己的頭說。

「不會呀，先去爸爸媽媽家住就好啦。」老德先生覺得老婆想太多。

「唉，還好有爸爸媽媽全力支持我們……」媳婦感性地說。

「他們不支持我們要支持誰呢？」老德先生搖搖頭不解地問。哈哈！老德先生真是超不感性的啦！

「喔，對了，我要跟你鄭重說明一件事。」老婆突然正色說道。

老德先生抬抬眉毛，懷疑老婆會不會是打包忙翻了，現在又要出什麼怪招？

「我要說的是，」我舉起手，「我絕對再也不買那麼多亂七八糟的東西了。」我語氣堅決地繼續說，「到了打包搬家才發現那麼累贅，很多可有可無的東西，丟了覺得可惜，不丟又懶得包起來搬走。」我看看每天以倍數成長的打包紙箱。

「你說的真對。你確實太愛買東西了。」老德先生點點頭贊同我的說法。

我第一次嘗到這種收拾打包準備搬家的忙碌，眞是不可言喻。勉強只能用兩個字形容，就是：超累！

31
完美樓梯

製作了將近三個月的樓梯，明天就要送過來安裝了。我緊張到差點失眠！因爲樓梯先生說他也很膽戰心驚，不知新做的樓梯，是否能跟老房子的老牆面還有新加進的樓層結構密合？這對樓梯公司是一項大挑戰！

「如果樓梯無法密合，因安全考量，將送回公司重新製作。」老德先生唸著樓梯公司下午傳來的通知電郵說。

「哇！不要嚇我喔！新樓梯不管怎樣，一‧定‧要‧合‧呀！不合我們怎麼搬家？難道眞的要帶著家具流浪去公婆家嗎？」我大叫。五個多月來的整修已經讓我的神經快磨成跟一張Ａ４紙一樣薄了……

「我想應該沒問題吧？」老德先生輕鬆地說。他好像沒有老婆這種自己嚇自己的能力。

唉，希望沒問題……

樓梯公司通知早上十點會送樓梯過來。我在沒暖氣冷到斃的房子裡等到下午兩點還沒看到樓梯。

我開始發抖，除了是冷得發抖也是怕得發抖。這時本來下著小雨的陰暗天空，竟然變成下起白雪了……厚！下大雪了呢！難道，樓梯公司眞的要我們耶誕節在小天井搭帳篷度過嗎？不要呀！

手機突然響了。

「您好，我是樓梯公司的人。我們在工作地門口，請開門。」一位先生說。

我用全速衝到門口，看到了樓梯公司的工人正在從大卡車上搬下我們的樓梯。

「請進！請進！」我喜形於外地說。

「對不起呀！我們一路從另一個城市趕過來，可是下大雪，高速公路塞車根本寸步難行。」工人抱歉地說。

沒關係！沒關係！有樓梯就好了。

工人拿出焊接工具開始將新樓梯一階一階仔細焊接到每一層的樓板上。

「我做了很多年的樓梯焊接工作，這可算是量身訂做的樓梯，很高難度的樓梯喔。」工人邊做邊說。

「沒有問題吧？」我擔心地問。

「很完美。設計圖是用電腦繪圖製作出來的，聽說公司花了很多時間量樓梯。」工人說。

「沒錯。負責量製樓梯的先生幾乎都快放棄了。」我笑著回答。

「可以想像。」工人笑著說。

工人們先固定接合最上層的鋼架，再將一段一段的不鏽鋼板焊接起來。最難的部分是不平的牆面和轉彎處的階梯鋼架，他們要先按編號找到正確的鋼架，再按照電腦平面圖小心地焊接起樓梯的每一段。樓梯焊接工人總共花了六

小時才將所有工作完成。收工時已是晚間八點了。老德先生也趕著下班後過來關心樓梯的進度。

「完美！毫釐不差，完全密合！」工人們完成時高興地對我們說。

哇！真是鬆了一口氣！

焊接工人完成了他們的工作；第二天早上負責安裝樓梯板的另一組工人帶著木樓板來給樓梯安裝樓梯板。安裝樓梯板的精緻手續也讓我大開眼界！所有不同角度、形狀的樓梯板是先用電腦裁切出紙樣，每張紙樣都有一個編號，一位工人按照紙樣在現場用機器裁切出樓梯板的樣式，另一位工人則負責把樓梯板鎖上每一個階梯。真讓人驚訝！每一階樓梯板都跟老牆的彎度密合，毫釐不差！而完成的新樓梯，看起來就像跟老牆同時建造一樣地密合，這讓我們對樓梯公司的製作能力超佩服！現在我也完全相信樓梯先生來量了十二次樓梯尺寸，以及要求我們簽了六種不同法令同意書的態度，絕不是毫無自信的表徵，而是樓梯公司要求完美的精神。

我只能說，德國工藝，真不是蓋的。

32 搬家大秩序

我們決定星期六搬家。

當然，在星期六前的十二天，我已經到秩序局去申請了臨時停車證。這次塡的是搬家公司的車號。因爲是大卡車，所以要用到兩個車位。

「整修已經快好了嗎？」秩序局的平頭金髮小姐問。

「哈！你看我的眼睛，」我故意搞笑指指我的眼睛說，「這叫做整修、搬家黑眼圈。」

「哈哈！不要太早放棄。你只要這樣想：『整修房子和搬家，只是漫長生

命中一次短暫的記憶。』這樣就不會覺得太累了。我們每天都要面對跟你狀況差不多的市民，我們都會這樣給他們打氣。」平頭金髮小姐可愛地說。

「你眞好！感謝你的鼓勵！」我笑著說。

這次我還是依然多付費用，請秩序局幫忙替我們豎立臨時停車的標示。秩序局也超有效率和秩序，三天前準時在工地門口的兩個相連的停車位上豎立了「搬家卡車臨時停車位」的公告牌，上頭寫著：「日期：×年×月×日至×年×月×日，上午×時至下午×時。請勿停車。」的標示。

在德國搬家，若是沒有申請這樣的臨時停車證，秩序局可是會立即就來開罰單。德國秩序局的管理，讓搬家都得遵守嚴格的秩序。

雖然所有的事都準備差不多了，不過，星期六前一天我依然在快馬加鞭地收拾打包。公婆先來幫忙搬小件紙箱。

「你們的東西眞的很多呀！」婆婆說。

「是呀，妳說的一點也不錯。剛才我以爲已經整理完廚房的東西，沒想到再打開一個櫃子，竟然那裡頭還有一堆東西！」我垂頭喪氣地說。

「慢慢來，不要急。」公公給我們打氣。

老德先生前前後後、上上下下運了好幾車東西，但是依然還有很多紙箱。

「喔！還有那麼多箱？」老德先生看到我還在繼續打包覺得很驚訝。

「我也覺得奇怪，怎麼都沒發現我們東西那麼多？」我已經快崩潰。

忙了一整天，都快接近午夜。

「趕快休息，不然明天一早搬運工來，我們會起不來。」老德先生要我快上床睡覺。

可是我哪睡得著？我們居然發現地窖中還有一個櫃子沒清空！

「現在不要想這些，儲存體力明天再說。」老德先生說。

因爲很累，我不到三秒鐘就睡著了。

隔天早晨七點，公公已經領著搬家工人來了。工人動作很快地開始搬東西。但是我還有東西沒收完呀！這可讓我緊張得不得了！

我七手八腳地趕緊再將沒打包完的繼續裝箱。唉！誰叫我太散仙？有時間打包時，還一邊整理東西一邊浪費時間看整理的東西的內容？尤其是整理照片時，整個下午都可以浪費在看老照片上！那現在打包來不及也怪不了別人啦！

「還有東西嗎？」公公問。
「我想應該沒有了吧？」我說。
「那我們就出發囉？」公公問。
「好的。謝謝。」媳婦回答公公。
老德先生已經先跟其他人到房子那邊等著接應要搬過去的東西了。我跟著跑去工地那邊看工人搬東西，沒想到，這時突然有人大聲地狂按汽車喇叭。
「喂！你們這兒已經長時間佔用馬路啦！到底要到什麼時候你們才會完工呀？」一個小載卡多的駕駛大聲地對我咆哮。老德先生正在屋內幫忙搬運工作，根本不知道外頭來了個找麻煩的。
「您的車還有很多空間可以駛過，爲何要如此誇張？」我冷冷地回應。
「因爲你們整個夏天都在維修，老是封閉道路！害我每天要繞道行駛。我要打電話去跟秩序局告狀！」那位駕駛不甘示弱地回應。
「要打電話去秩序局告狀？我勸您一秒鐘都別等，現在就打，馬上撥電話去。您還要感謝今天不是星期假日，秩序局一定有人會接聽您的電話。您需要我的臨時停車證字號嗎？秩序局會告訴您，我全都照規定行事。」我有恃無恐地回答這位無理的先生。

他看到家庭主婦發飆後，摸摸鼻子開車走了。

不知爲何，可能因爲太累了，又跟人對罵，我超想放聲大哭！還好此時心中浮現了秩序局平頭金髮小姐的鼓勵：「整修房子和搬家，只是漫長生命中一次短暫的記憶。」

謝謝你，平頭金髮小姐。你適時的鼓勵，讓我的心情重拾了愉悅的秩序。

33
呼吸無毒論

雖然搬進了房子，但是整修尚未完成。每天起床，就看見工人來上工。漆牆、貼壁紙、裝暖氣……一屋子的人來來去去，我們就像睡在一個很忙碌的工地。

「現在所有用的塗料、染劑，都要是有機無毒的才行。」公公跟我們說。

「什麼意思？」我不懂，回問公公。

「現在維修工作已經進入後期，要用到大量的染劑、膠合劑和塗料。本來整修房子後，或蓋好的新房子，都要閒置一個月以上讓房子裡的有毒物質散去才能入住，但你們現在提早住進去，要注意不可以隨便用有毒的材料。」公公說。

這時我才注意到吸進建築材料中有毒的物質，對身體眞的不好哩！

老德先生從善如流，天天跟建築公司討論建料的材質，如果可以改成有機無毒的材料，我們就會去購買這些建材來給工人使用。之前我並沒有注意過這些使用材料的差別，但是現在卻眞的能感受到不同。因爲有機無毒的材料，在味道上就比較不嗆鼻，甚至使用後根本不覺得空氣裡的氣味有什麼不同。連工人都說他們覺得用這些有機無毒的塗料感覺比較舒服。還好德國這方面的建築材料不少，倒是滿方便備齊要用的材料。不然，睡在充滿嗆鼻塗料、膠劑的房子裡，可能眞的會很不舒服。

重視秩序的公公眞是考慮周到，要不然我們眞的會被各種建材的異味給嗆翻。

34
驚異招待券

雖然還有工人在工作，但我試著把樓下的紙箱慢慢往樓上搬。先搬一箱箱的書，因爲老德先生已經將書架的位置在書房中固定了，我只需將書放上書架便行。

工人在書房換衣服，他們的外出服都擺在書架旁邊。書房現在是全屋子最乾淨的地方。說是乾淨，也就是灰塵比較少的意思。五個多月的改變結構整修，讓整個房子到處都積了一層層厚厚的白灰。想到整修結束時的清潔工作，我的頭皮都快發麻！

我割開紙箱的膠帶，拿出一堆書往書架上放。哇！浮起一陣灰！咳、咳、咳！書架上也有不少的灰塵哩！我想先把灰擦乾淨再將書排上去。

出了書房，到盥洗室找抹布。

「有人找您！」一位工人從樓下對著樓上喊。

「我嗎？」我從盥洗室跑出來，對著樓下的工人問，「是誰？」工作了幾個月後，公婆家的人，工人們都認識了。

「是位老太太，她要上樓來了。」工人說。

「是我婆婆吧？」我又問。

「不是，不認識……」工人還沒說完，我就看見從樓下走上來一位銀髮、駝著背的老太太。

喔！不．不．不！不會吧？我想起荷花小姐的預言：在完工時會出現第三位老姊妹……

「您要找誰？」我問那位老太太。

她灰色的眼睛一直往四周巡視。她看起來絕對超過八十歲。這時我已經快要說不出話來……

她佈滿皺紋、微微顫抖的雙手從她的小提袋中，拿出了一個信封，對我說，「我收到了一張生日招待券，地址是這兒沒錯吧？」她邊說邊把信封遞給我。信封上寫著：「【招待券】祝您生日快樂！」

「您打開看無妨。」老太太說。

我將招待券抽出來，看到上面寫著：「新開張的東方禪食料理店。招待券一張，一名客人，東方禪食料理一份附綠茶一杯。地址：××街××巷××號」

「應該就是這兒吧？」老太太問我。她看我的眼神，就像認定我就是東方禪食料理店裡的人。

「不是這兒。這條街是隔壁的那條街。」我把招待券還給老太太。我的心跳開始加快。

「那我找錯了？眞是的，我走了好幾遍這兩條街，就是找不著。眞對不起！」老太太道歉後就慢慢走下樓。

「沒關係。慢慢走，小心呀。」我對正在下樓的老太太說。

她抓著樓梯扶手，回頭對我說：「謝謝你！這樓梯是新的吧？很漂亮

Sarah

呢！」

我張開嘴巴看著陌生老太太下樓離去的背影，大概有三分鐘嘴巴完全闔不起來。

我衝去打電話給荷花小姐，並告訴她這件事。

「喲喲！眞是一張驚異招待券！哈哈哈！那麼說來，三位老姊妹都來跟你祝賀過囉！眞是不錯！好兆頭！」荷花小姐在電話彼端笑著說。

「雖然我還是不相信，但是這巧合實在是太像眞的了！」我說。

「我不用再說什麼了。反正，你現在一定很驚訝。如果我再說件讓你更驚訝的事，你會不會罵我？」河花小姐促狹地說。

「你還要說什麼？」我問。

「這城裡哪來什麼東方禪食料理店呀？就算是新開的，我會不知道嗎？還有，你有聽說過德國高齡老太太會在下午兩點半，獨自一人去吃什麼外國禪食嗎？」荷花小姐神秘地問我。

我喀嚓掛斷電話，拒絕再聽荷花小姐的神秘推論。我只是告訴自己，那麼巧合的事，確實很像是眞的。

35 七彩煙花秀

如果說這個故事的結尾，像那種陳腔濫調的法國藝文片以浪漫快樂的七彩煙火秀作收場，我也不反對；因爲場景確實完全一樣。

古城每年在跨年夜時，就會施放煙火，而且德國每年也只允許在跨年夜的特別時間內放煙火。於是，那積壓了一整年想放煙火的人們的爆發力，總把整座城的跨年午夜用各種強力的煙花照個七彩通亮。

我們邀請了公婆到新家來跨年，順便一起倒數，看城裡的跨年煙花秀。我們包了水餃當前菜，也準備了大餐來招待。吃過飯後，我們準備跨年倒數，每

個人手裡都拿著一杯香檳。

我們站在頂樓冷冽的陽台，全家人一起大喊：「五、四、三、二、一！」

「新年快樂！」我們一起尖叫起來。

咻——咻——咻——七彩的煙花在我們眼前竄起。

「哇！是全景觀的煙花秀哩！很漂亮！」婆婆笑說。

我和老德先生手牽著手，覺得這漂亮的煙花秀釋放了我們半年來的緊張心情。想想看，從一個搞笑媳婦在歐洲美麗繁花盛開季節的魯莽決定，到全家一起用力幫忙維修成功的老房子；又從菜市場尋到好建築師，到和不負責任的工人們的對決；另外，還有那些想要踢翻卻不能不遵守的幾百項可怕又可敬的德國秩序規範，和親眼見到讓人激賞的精緻德國工藝精神；當然，再加上現在婆婆每次都要我跟別人講的「老屋三位老姊妹」的有趣巧合故事。這些都是我們一起共同體會，很棒又珍貴的生活經驗。

喔，對了，忘了告訴你，柯師傅是最後一位離開我家的技工師傅。因爲他要來給每盞電燈裝上開關面板；他一離開，便表示整個維修工作暫告一段落。他是和公公一起來裝開關面板的，我沒有遇見他。聽說他要公公轉告我，雖然他和我不是很能溝通，但是他還是要做完他的工作，這是他的專業，他不能將已經開始的工作半途而廢。

謝謝你，柯師傅。其實，我們雖然溝通不良，但是您堅持到底的精神，我也學了起來，那就是：只要認真堅持自己的專業和理想，任憑別人討厭或喜歡，反對或贊成，最終你還是會完成自己想做的事，誰都不能將你擊倒。

我想，此時在同一個天空下觀賞著煙花秀的柯先生，一定也會贊同我的看法。

The Eurasian Publishing Group
圓神出版事業機構
用心與你對話．視野無限寬廣

圓神出版社
Eurasian Press

http://www.booklife.com.tw inquiries@mail.eurasian.com.tw

鄭華娟系列 018

五月花修道院

作　　者／鄭華娟
發 行 人／簡志忠
出 版 者／圓神出版社有限公司
地　　址／台北市南京東路四段50號6樓之1
電　　話／（02）2579-6600．2579-8800．2570-3939
傳　　真／（02）2579-0338．2577-3220．2570-3636
郵撥帳號／18598712　圓神出版社有限公司
總 編 輯／陳秋月
主　　編／沈蕙婷
責任編輯／沈蕙婷
美術編輯／金益健
行銷企畫／吳幸芳．陳羽珊
印務統籌／林永潔
監　　印／高榮祥
校　　對／鄭華娟．尉遲佩文．沈蕙婷
排　　版／杜易蓉
經 銷 商／叩應有限公司
法律顧問／圓神出版事業機構法律顧問　蕭雄淋律師
印　　刷／國碩印前科技股份有限公司
2008年7月　初版

定價 280 元　ISBN 978-986-133-249-9

每一本書，都是有靈魂的。

這個靈魂，不但是作者的靈魂，

也是曾經讀過這本書，與它一起生活、一起夢想的人留下來的靈魂。

——《風之影》

國家圖書館出版品預行編目資料

五月花修道院 / 鄭華娟 著. -- 初版.
-- 臺北市：圓神，2008.07
224面 ；14.8×20.8公分. --（鄭華娟系列 ；18）

ISBN：978-986-133-249-9（平裝）

855　　97009287